月《つき》と誓約《せいやく》のサイレント

桐嶋《きりしま》リッカ

ILLUSTRATION
カズアキ

月と誓約のサイレント

1

失って初めて価値のわかるもの、世界はそんなもので溢《あふ》れ返っているのだろう。

そうして失くしてから、ようやく思い知るのだ。

それがどれだけ尊《とうと》い奇蹟《きせき》だったのか――。


最近よく見る夢がある。

それはとても短いシーンの連続で、記憶のフラッシュバックにも似ているのだが。

そうわかるのは、憶えているはずのない場面ばかりが展開するからだ。

(でも、これは記憶じゃない)

小さな子供の掌《てのひら》にそっと載せられる赤いミニカー。それを嬉《うれ》しそうに握り締める手の上に大きくてごつい掌が重ねられる。はしゃぐ自分の声に被《かぶ》さるのは、窘《たしな》める母親の声だろうか。

硬く冷たい車体は小さな手には少し余るくらいで、それが体温で温まるまでずっと両手で握っていた。大事に、大事に胸に抱えて。

ふわふわと髪を撫《な》でる掌が心地よくて目を上げる。

眩《まばゆ》い街灯の遥か上、漆黒《しっこく》の夜空で輝く北極星が目に入る。頬にあたる夜風が冷たかった。

頭上の星を指差すと、ひょいと誰かが体を持ち上げてくれる。

『――――』

恒星を一つ一つ差しながら、何か説明してくれているのだろうか？　だが声は聞こえない。

ただ暖かい心地だけが触れ合った体を通して伝わってくる。その安心感が嬉しくて、ますますミニカーを握り締める。それはもう熱いほどの体温を持っていた。

そこでふいに場面が転換し、自分を頭上まで抱き上げた父親の姿を俯瞰《ふかん》するショットに切り替わる。

季節が巡ったのか、前髪を撫でる風もさんさんと降り注ぐ陽の光も暖かい。父親の顔は靄《もや》がかかったように見えなかったけれど、唇の動きだけがおぼろげながらもどうにか読み取れた。

『オオキクナッタナァ…』

そう言って笑う父親と、その隣で微笑《ほほえ》む母親。

公園で遊んでいた自分を二人が迎えにきてくれたんだと夢の中の自分は思っている。

二人の間で手を繋《つな》ぎながら、辿《たど》る家路。頭上には満開の桜が揺れていた――。

切れ切れに垣間《かいま》見る、ごくありふれた家族の風景。

(そんな記憶あるわけがないのに…)

起きた時、いつも空《むな》しい気持ちになるのはその事実がわかりきったことだからだ。だとすればこれは、自分の願望が作り上げた妄想《もうそう》なのだろうか？

そうして辿り着く結論は、今日も自分に溜《た》め息《いき》をつかせる。

「はあ……」

机に突《つ》っ伏《ぷ》していた顔を上げるなり、やるせない吐息《といき》が一つ零《こぼ》れた。

教室でのうたた寝に見たい夢ではなかったな、とぼんやり思う。だがそんな感慨《かんがい》もそう長くは保《も》たない。夢の余韻《よいん》が薄れるスピードはいつだって速い。

（……って、何の夢見てたんだっけ？）

まだ霞《かす》む片目を手の甲で擦《こす》りながら、森咲日夏《もりさきひなつ》は腕時計に視線を落とした。

あと二十分もすれば三限が終わる。そのまま視界を巡らせると、教室に点在しているいつものメンバーが目に入った。

一人は窓際《まどぎわ》でポータブルゲームに、もう一人は教壇に腰かけてメール返信に、そして最後の一人は中央の自席でノートパソコンを操《あやつ》ることに、それぞれ楽しげに勤《いそ》しんでいる。

その光景の、何と長閑《のどか》で平和なことか。

（いいよな、おまえらは気楽そうでさー……）

自分も少し前まではそんな気分でいられたのだが――。

思わず恨《うら》み言の一つや二つ、浴びせかけたい衝動をぐっと堪《こら》えて、日夏は詰めていた息を緩《ゆる》く吐き出した。しかし気づけばその溜め息は、しっかり声になってしまっていた。

「あー平穏が恋しー……」

静かだった室内に、予想外に自分の声が響く。

「――おまえ、こないだまで正反対のこと言ってなかった？」

日夏のぼやきに一番に反応したのは、窓際でゲームをしていた男だった。

プレイ画面から持ち上がった切れ長の瞳が、どこか皮肉めいた光を宿す。それを胡乱《うろん》な眼差《まなざ》しで見返しながら、まあな…と日夏は心中だけで同意を返した。

平穏なんてヒマ、退屈すぎる――確かに先週までの自分の口癖《くちぐせ》は、この一言に尽きた。

「ってことは心変わりするほどの何かがあった、ってわけだ？」

パソコン画面を見つめたままに、今度はメガネの男が鋭い突っ込みを入れてくる。

（まさにそのとおり……）

失くして初めてあの平穏な日々が幸運にほかならなかったことを、日夏はここ数日で思い知っているのだ。出来ればそんなこと、知りたくもなかったのだけれど。

「何にしろ、何かを恋しいって思うのはいい感情なんじゃない？」

的外《まとはず》れな意見を言ってくれるのは、教壇でいまだメール返信に勤《いそ》しんでいる男だ。この男の意見はたいがい参考にならないので、これは聞かなかったことにしておく。

（でも、こいつらに相談するのが一番妥当《だとう》だよなぁ…）

浮かない視線を宙に据《す》えながら、日夏はほんの束《つか》の間《ま》、思案に暮れた。

じき休み時間ともなれば、教室の人口密度もぐっと増す。話を切り出すにはいい頃合《ころあ》いなのかもしれない――そう踏んで立ち上がると、日夏は手近な机の上にひょいっと腰かけた。

「はい、ちょっと注目ー」

言いながら指先の仕種《しぐさ》だけで三人の意識を引き寄せる。ぐるりと見渡し、全員の視線が自分にあることを確認してから、日夏は低めた声である「打ち明け話」をはじめた。

これはここだけの話な、とそう前置きするのを忘れずに——。


七月も中旬に差しかかり、夏休みまでのカウントダウンも残すところあと三日。

校内中がどこか浮き立った雰囲気《ふんいき》に満ちているのはそのせいなのだろう。窮屈《きゅうくつ》な制服から解放されるのはありがたいが、そう喜んでばかりもいられないのはこの先の予定に懸念《けねん》があるからだ。

(ったく、やれやれだな…)

上から三分の一までを開け放したシャツの鳩尾部《みずおち》を摘《つま》むと、日夏は怠惰《たいだ》な仕種で中に風を送った。空調の効いた室内は半袖《はんそで》でいるのに適した温度に設定されているのだが、今月末に控えた厄介事《やっかいごと》のことを考えると、焦燥《しょうそう》でジリジリとした心地がシャツの内側に籠《こも》っていくような気がするのだ。

しかもいまはそれよりも気になるコトが、現在進行形で自分に降りかかっていたりする。

(夏休みを謳歌《おうか》する、って気分にゃなれそうもねーんだよなぁ…)

思い悩んだところで事態が変わるわけではない。

だったらまずは目の前のことから、一つずつ片づけていくしかないだろう。

「ストーカー!?」

見事なまでに三重奏になった反問に、日夏は気だるげな面持《おもも》ちで一度だけ頷《うなず》いた。

「そ。最近、俺の周りをウロついてるやつがいんだよね」

日夏がその存在に気づいたのは、いまからちょうど一週間前のことだ。

いつもだったら気鬱《きうつ》な期末試験を、「婚約者」による連夜の指導のおかげで日夏はどうにか無事に乗り切ることが出来た。おかげで追試を問われるどころか、過去最高に近い平均点をゲットし、あの日の自分は浮かれきっていたと言っていいだろう。だがそんな晴れやかな気分に水を差すように、学校から家までの帰途をずっと誰かに尾行《びこう》されるという不愉快《ふゆかい》な体験をしたのだ。

一度覚えた気配は二度と忘れない——。この一週間、日夏がその気配を察知したのは五回に及ぶ。それも必ず婚約者が同行していない時、一人きりの道程に限るのだ。

いまのところはあとをついてくるだけに留《とど》まり危害を加えてくることはないのだが、だからといってこの先もそうだとは言いきれない。何かあってからでは遅いだろう。

「で？　おまえ、そいつの顔とか見たの？」

「あ、見た。つーか手ェ振られた」

「は？」

「尾行の距離をさ、どうも少しずつ縮めてきてんだよな。で、昨日は隙《すき》を衝いて振り向いたら目が合ってさ。笑顔でヒラヒラーと手を振られた」

「何、その明るいストーカー」

「知るかよ…」

日夏の嘆息《たんそく》が伝染したように、いまや日夏の周囲に集まった三人が揃って小さく息をつく。

ストーカーは日夏と目が合うと至極《しごく》嬉しそうに両手を振ってきたのだ。それもこちらが面食らうほど満面の笑みを浮かべて。——これは放っておくとまずいかもしれない、と思ったのはそんな出来事があったからだ。見覚えのない中年親父《おやじ》に、そこまで熱心に手を振られる覚えはない。

「ま、参考までにそいつの風貌《ふうぼう》を訊いておこうか」

「長身でガタイはよさげ。なぜか白衣着てたな。髪は短めの茶髪で、頬にでっかい傷痕があんの」

メガネの事情聴取に素直に返した供述《きょうじゅつ》に、その場にいた全員が無言で目を合わせる。

「街中で白衣ってだけでも悪目立ちすんだろ、普通」

「しかもデカブツで、頬に傷アリ？」

「それってまともな相手じゃ、ないんじゃない…？」

天然で有名な黒髪の男ですら、携帯を手に憂《うれ》いげに首を傾《かし》げている。

（だーから相談してんだってば…）

その怪しい風貌や行動もさることながら、何よりも一番解《げ》せないのは——。

「しかもそいつ、『人間』なんだよね」

日夏の言葉に虚をつかれたように、三人が目に見える瞠目《どうもく》をする。

それもそうだろう。自分たちの生活に人間が密接に関わってくることなどそうありはしない。なぜなら自分も含めてこの場にいる全員が、ヒトとは一線を画した存在だからだ。――いや、それは自分たちだけに留まらない。

東京都《とうきょう》M区に所在する『聖グロリア学院』と言えば、都内でも指折りの名門校だ。しかしそれはあくまでも表向きの顔にすぎない。この学院に関わる者はすべて、魔物の血を身に宿した『魔族』と呼ばれる種族で構成されている。

それら人外の者、魔族には大きく分けて三つの系統があった。

一つは狼男《おおかみおとこ》の素質を継ぐ「ライカン」――いま目の前でノートパソコンに何やら熱心に打ち込んでいる、八重樫仁《やえがしじん》がその末裔《まつえい》にあたる。ライカンの身体的特徴でもある、薄茶色の髪に青系統の瞳という容貌がすでにその出自《しゅつじ》を物語っている。

さらにもう一つが、吸血鬼の素質を継ぐ「ヴァンパイア」――一度は中断していたメール返信を、おっとりとした笑みを浮かべながら再開している各務隼人《かがみはやと》がその末裔になる。陽に透《す》かさねばわからないほどの濃いブルーブラックの髪に、煮詰めて色を深めたような暗紅色《あんこうしょく》の瞳はヴァンパイアの特徴の一つでもある。

そして最後の一つが、魔女の素質を継ぐという「ウィッチ」――ポータブルゲーム機のタッチペンをさっきから指先でくるくると器用に回している、古閑光秀《こがみつひで》がその末裔だ。赤茶けた髪色に緑味を帯びた瞳は一目でわかるウィッチの特徴でもある。

「あーも、どうしたもんだかなァ…」

柔《やわ》らかな赤毛を片手で乱暴に掻《か》き回しながら、日夏は濃緑色の瞳を胡乱げに歪《ゆが》めた。

全体的に小作りな顔の造作の中でもその瞳だけがアンバランスなほどに大きく、一際目を惹く。健康的な肌色に、自然に色づいた唇がさらにそれを際立たせていた。母親に生き写しだと言われる容貌は、見た目だけなら少女と偽《いつわ》れるほどにすべてが愛らしく整っていた。——同時にそれは日夏のコンプレックスでもある。顔立ちに合わせたかのように伸び悩む身長も、成長期のさなかにあるとは思えないほど華奢《きゃしゃ》な肢体も、日夏としては不満しかないのだが周囲は揃って『可愛《かわい》い』という太鼓判《たいこばん》を押す。それがまた日夏としては不本意でならないのだが…。

古閑よりも浅い赤味で染まった髪色に指を差しながら、日夏は片目だけを楕円《だえん》にした。

髪色や瞳からわかるとおり、日夏にはウィッチの血が流れている。だが他の三人とは違う、ある性質が日夏にはあった。この身には半分だけ、『人間』の血が流れているのだ。

通常、魔族は血統に即した特殊な「能力」を持っているのが普通だったが、日夏はヒトとのハーフゆえか、他の魔族との差異をいくつか持っていた。

その一つが「半陰陽」の体質だ。十六の誕生日を境に『変化』を起こし、他性の機能をも併《あわ》せ持つようになる体——。その特質さゆえ、日夏は男に生まれながら同性と婚姻しなければならないという運命を背負わされていたのだが、高等科に上がってから一カ月ほどでその問題にはケリをつけられたので、ここでの経緯の詳述は省《はぶ》く。

日夏の持つもう一つの特殊技能、それはヒトと魔族の気配を一瞬で分別出来ることだった。

そのテの能力によほど特化した者でもない限り、ほとんどの魔族は相手がどちらに属するのか瞬時に判別することは出来ない。だが日夏は数十メートル先の気配でも感じ取れる、鋭敏《えんびん》な感覚までを併せ持っていた。

「ヒトねえ、魂胆《こんたん》が見えないよな」

「だよなぁ…」

ストーカーなどという存在を一昨日までひとまず静観していたのは、相手が人間だったからにほかならない。もしも魔族であれば、即座にその正体を暴《あば》くことに専念していただろう。だが人間ならば自分の素性《すじょう》を知っているわけがない。そう楽観視していたのだ。

しかし向こうからのアプローチがあったとなれば、このまま放置しておくわけにもいかない。何らかの対処をしなければ、思わぬ火種になる可能性もある。

「それってただ単に、日夏に一目惚《ひとめぼ》れしちゃったオッサンなんじゃねーの？」

「じゃあ一回くらい寝てみたら？」

「――――…」

言葉を失った三人の顔を、隼人が不思議そうな表情で見返してくる。

（寝ないだろ、フツウ…）

古閑や八重樫、隼人とはすでに四年来のつき合いになるが、いつの頃からか天然の暴言にはスルーと暗黙《あんもく》の了解《りょうかい》が決まっている。――天然に何を諭《さと》したところで、所詮《しょせん》は暖簾《のれん》に腕押しだ。

やゃしてから何事もなかったように、古閑がパチンと指を鳴らした。

「つーかさ、それあいつ知ってんの?」

「あー…」

もっともな点を衝かれて、日夏は暗い顔で押し黙った。途端、三人の表情に影が走る。

「まさか、言ってないの?」

「おいおい、俺らに言う前にまずあいつだろ」

「つーかそこ省略されっと、俺らが迷惑被《こうむ》るんですけど」

古閑がオーバーなほど両肩を竦《すく》めている隣で、八重樫がメガネのブリッジを押し上げながらこれみよがしに首を振る。それを尻目に、日夏はますます気鬱な思いで両目を歪ませた。

(やっぱ言わなきゃ、ダメだよなぁ…)

言えば即座に解決するだろうことは目に見えている。あいつのことだ、どんな手をもってしても婚約者である日夏に害を及ぼしかねない存在を、この世から永久に排除するだろう。――だからこそ、この場合問題なのは事態の解決ではなく、その対処法なのだ。

「だって考えてもみろ? 下手《へた》なタイミングで言って、あいつが暴走したらどうするよ」

「……なるほど」

こちらの言い分を聞いた三人が三人とも、何とも言えない表情で口を噤《つぐ》む。

名家の出自、優秀な学歴、端整な容貌、稀少な能力、そのどれをとっても完璧《かんぺき》なまでに磨き抜かれた看板を背負い、輝かしい名声を恣《ほしいまま》にするエリート優等生、学院の誉《ほま》れ——。

それが日夏の婚約者である、吉嶺一尉《よしみねいちい》の実像だ。

そんな一尉が唯一《ゆいいつ》、我《われ》を見失うのが日夏絡みで何かトラブルが起きた時なのだ。

(俺が絡むとタガが外れるんだよな…)

日夏が昨日から何より憂えているのがその点だった。ストーカーのことをうっかり告《つ》げたがために、我を忘れてジェノサイドなんて結果になったら笑えない。……心底、笑えない。

「そこで、だ。おまえらの知恵を借りたいっつー話なワケ」

ようやく話の着地点に到達して、日夏は盛大な溜め息をついた。

一尉とのつき合いは自分よりもこの三人の方が長い。隼人はともかく、八重樫と古閑なら何か有益な意見をもたらしてくれるだろう。少なくとも一人で抱え込んでいるよりはマシなはずだ。

カタカタと続いていたタイピングの音が止《や》む。一段落ついたのか、八重樫が画面から顔を上げた。

「何つーか、おまえも一尉もトラブルに愛されやすい性質だよな」

「嬉しくねーよ…」

「でも、退屈しないでいいんじゃない?」

自称「彼女」からのメールが引っきりなしに入ってくる携帯を片手で操りながら、隼人がポンと日夏の肩を叩く。そのあまりに片手間な慰めに、日夏は思いきり顔を顰《しか》めた。

「おまえ他人事《ひとごと》だと思って楽しんでるだろ？」

「うん」

「だよな…」

トラブルが退屈しのぎとイコールなのは、あくまでも他人事だった場合だけだ。

（そういやあいつと関わるようになってから、自分事のトラブルばっかだな…）

出会ってから互いに惹かれ合うようになるまで――さらにそこから婚約段階に進むまで、騒動続きだったと言っても過言ではない。四月から六月の頭まで、心休まる日など何日あったろうか。

「あーあ、何であいつと婚約しちゃったんだろー…」

日夏のいまさらすぎるぼやきに、呆《あき》れた風情《ふぜい》で口を挟んできたのは古閑だった。

「心にもないこと言ってんなよ。フラれた俺の立場がねーだろ」

「……おまえさ、そうやって微妙なトコ突いてくんのやめてくんない？」

古閑とは遠縁の親戚《しんせき》でもあり、中等科での三年間を一つ屋根の下で過ごしたルームメイトでもあり、加えて自分が知らなかっただけで、どうやら婚約者候補の筆頭《ひっとう》でもあったらしいのだ。

それを知ったのは一尉との未来を選んだ直後だったけれど、もしもその出会いがなかったならば、自分は古閑という選択肢を取っていたことだろう。家の思惑で見知らぬ男と結婚させられるくらいなら、寝食を共にした古閑の方が気心も知れている。

――だがそれはあくまでも仮定の話で現実は違う道を進んだというのに、そういった経緯がいまだに気になるのか、一尉はいまでも古閑をライバル視している節《ふし》がある。おかげでこの種の軽口が飛び出すと、たまに飛び火してひどい目に遭わされるのだ。

『もしかして古閑に未練があるの？』

などと、夜のベッドで責められるのはもうたくさんだ。嫉妬《しっと》に駆られた時の一尉は、暴走している時に次いで、二番目にタチが悪い。優等生の外面からはまるで窺《うかが》えない、ドＳの本領を発揮してくるので要注意なのだ。最近では腰が抜けるまで絞り尽くされて、カラ打ちのまま朝まで粘《ねば》られたのが一番思い出したくない夜だ……——いや、いまはそういう話ではなく。

「本当なら俺がおまえを孕《はら》ませてたかもしんねーのにな」

「ちょ、おま…」

「体の相性も悪くなさそうだし。何なら今度、試《ため》してみる？」

微妙どころか完全にアウトな発言をはじめた古閑に、日夏は思わず怒りの脳天チョップを見舞っていた。同時に辺りに一尉の気配がないか、意識のレーダーを張るのも忘れない。

（大丈夫、か…）

とりあえず半径三十メートル以内にはいないようだ。それを確認してから、日夏は追加で古閑の額《ひたい》にデコピンをかましておいた。二撃目まで食らった古閑がようやくのことで口を噤む。

「あいつの前でそのネタ振ったら殺すかんな？」

「はいはいはいはい」

イッテー…と額を押さえながら、古閑が薄い唇の片端を吊り上げる。

こいつの軽口に中身などないとわかってはいても、毎度肝《きも》が冷えることに変わりはない。そういった自分の反応も含めての揶揄《やゆ》対象なのだろうが、実害を被るのはこちらの方なのだ。

(こいつの辞書に『自重《じちょう》』の二文字は……ねーんだろうな)

友達にも恋人にも恵まれたもんだと、遠い空を仰ぎ見たくなる心地だ。

とはいえ言葉どおり窓に目を向けたところで、梅雨《つゆ》明け前の空など灰色一色で塗り潰《つぶ》されているのが常だ。眺めたところで余計、気重になること請《う》け合《あ》いだ。

「それにしても、予想が外れたな」

下らない会話にピリオドを打ったのは八重樫の一言だった。

「予想?」

「俺はてっきり、月末のパーティーのことで悩んでるのかと思ってたよ」

「あー…それはそれで頭イテーんだけどな」

一騒動の末に、日夏と一尉の婚約が正式に認められたのは先月の上旬のことだ。

その後、内々に結納《ゆいのう》を済ませるはずだったのが、気づいたら日夏の知らないところで勝手に計画が書き換えられていたのだ。

日夏の母方の血筋にあたる『椎名《しいな》』家は、ウィッチの中では国内随一《ずいいち》の歴史と勢力を誇る名家だ。

その宗家《そうけ》でもある日夏の祖母が今月末に誕生日を控えているのだという。そのため、船上での生誕パーティーなどという大掛かりなものが企画されているのは日夏も知っていた。そんな仰々《ぎょうぎょう》しい催《もよお》しに顔を出す気はさらさらなかったのだが、椎名家としてはこのほど婚約という晴れ晴れしい話題を提供してくれた二人に、衆目集めも兼ねてどうにか出席してもらいたかったらしい。そんな思惑に搦《から》め捕られた結果、気がつけば『宗家の生誕祝賀会』は『孫《まご》の婚約披露《ひろう》パーティー』をも兼ねることに、いつのまにやら決まっていたのだ。

「豪華客船、一泊二日の旅！」

「楽しみだよね」

古閑と隼人が人の悪そうな忍び笑いを漏らす。

（……他人事だと思いやがって）

日夏がその話を聞かされた時には、すでにもう確定事項として固められていたせいで、いまさらどう騒ぎ立てたところでこの決定は揺るぎそうになかった。

知らぬうちに一尉が、本家との渉外《しょうがい》役としてずいぶん暗躍していたらしい。

『あちらの条件を呑む代わりに、こちらからの条件もいくつか呑んでもらったよ』

そう報告してきた時の、一尉の朗《ほが》らかな笑顔が忘れられない。聞けば、本家からの干渉《かんしょう》を今後は極力受けないための条件や、自分たちに有利な条項をいくつも取りつけてきてくれたのだという。

それは素直に嬉しい。だかしかし——…。

（せめて、一言くらい相談してくれてもよくね？）

大事なことは、いつだって一番最後に自分の耳に入ってくるのだ。四月の件といい、五月の騒動といい、知らぬうちにそんな決まりごとでも出来たのだろうか？　腹立たしいことこのうえない。

「もしかしてまだ拗《す》ねてんのか」

こちらの心中《しんちゅう》など端《はた》から見透かしているのだろう。薄笑いを浮かべた八重樫の言葉に、日夏は憮然《ぶぜん》とした面持ちで反論した。

「拗ねたくもなるだろ。何で俺はいつも蚊帳《かや》の外なわけ？」

「おまえを矢面《やおもて》に立たせたくないっつー一尉の思いやりだろ。つーか、おまえが間に入らない方が、よっぽどうまく話もまとまるだろうしな」

「………」

「ああ、それで余計に拗ねてんのか」

的《まと》を射《い》たメガネの指摘に、思わず半眼に眇《すが》めた眼差しを投げかけてしまう。

日夏と祖母の仲が悪いのは、噂《うわさ》好きの多い魔族界においてすでに周知の事実でもある。

名のある家を捨て、人間と駆け落ちした末に生まれた子である日夏に対し、祖母の風あたりは何かときつかった。母親の死後、神戸《こうべ》の本家に引き取られてからの生活は、祖母をはじめとする家の者たちの罵詈《ばり》や嘲笑《ちょうしょう》に晒《さら》される日々だった。日夏の気性が激しかったこともあり、祖母との口汚い口論はもはや日常茶飯事と化していた。いや、すでに条件反射の域だろうか——。

いまさら祖母と話し合いの場を持ったところで、冷静でいられる自信などない。その辺りを汲《く》んで、一尉は本家との会合には一人で赴《おもむ》くと決めているのだろう。

「ま、その辺は二人で話し合って決めてけよ。俺らの介入《かいにゅう》出来る話じゃねーしな。……つーか、俺が言いたかったのはソコじゃなくてだな」

トトンと八重樫の指先がノートパソコンの画面を叩く。

「こっちの方」

「ん?」

見ると見覚えのある画像がそこには映し出されていた。

「これって…」

何枚かある画像が数秒ごとに切り替わるスライドショーを、その場にいる全員の視線が追う。何の変哲《へんてつ》もない白い封筒、三つ折りの便箋《びんせん》、その内側にゴシック体で印字された文面――。

「一尉に聞いたぜ。下駄箱に『脅迫状《きょうはくじょう》』が入ってたそうじゃねーか」

「脅迫状?」

古閑と隼人とが訝《いぶか》しげな顔で復唱する。どうやらこれについては初耳だったらしい。

「『婚約披露パーティを中止せよ。さもなくば制裁《せいさい》の鉄槌《てっつい》が下るだろう』――どこからどう読んでも、穏やかな話じゃねーよなぁ」

「あー…そっちの方ね」

それは今朝方《けさがた》、一尉の下駄箱に入れられていた手紙だった。ラブレターかと冷やかす自分に、一尉は涼しい顔で「いや脅迫状だね」と広げた中身を見せてくれた。

『この件に関しては俺が動くから。口外は厳禁だよ』

『え、言っちゃダメなの？』

『捜査の妨《さまた》げになるからね。それから人生初の脅迫状だー、とか浮かれるのも感心しないよ』

『……俺、そんなに顔に出てる？』

『ありありと』

昇降口で念を押されたとおり、日夏はこの三人にも明かさずにいたのだが、すでに情報は一尉から八重樫に渡り、各方面への捜査がはじめられているらしい。

「とりあえずいろいろあたってるけど、椎名家関連、一尉の親戚方面、心あたりのリストアップだけでもかなりの数に上ってるぜ？　まあ、ブラックリストのトップといえば神戸本家と対立してる東京の椎名本家だけど、あそこん家いま家督《かとく》で揉《も》めてるからなぁ……って聞いてるか？」

「ぜんぜん」

「おまえねぇ…」

気のない日夏の返事に、八重樫が肩透かしを食らったようにカクンと首を傾ける。

「曲がりなりにも当事者だろうよ、気になんねーわけ？」

「や、なんないわけじゃねーけど。俺的には差出人を全面的に応援したいっていうかね」

傍《はた》から見れば自分事のように見えるだろうこの件も、日夏の感覚ではまるっきり他人事だ。だからこそ「初脅迫状だー」などと、朝の昇降口でも呑気《のんき》に喜んでいられたのだ。

（中止にしてくれんならありがたい話だしね）

さすがに脅迫状の一枚や二枚で、椎名本家が総力を注いでいるパーティーが中止に追い込まれるとは思わない。だが密《ひそ》かにエールを送るくらいは許されるだろう。

「……エールね」

「そ。ったく、パーティーなんかトンズラしようと思ってたのに、んなことしたら一週間メシ抜きとか言いやがんだぜ、あいつ……クソっ」

「――そっか」

真剣に嘆いている日夏を、何とも言えない生温い表情で三人が見守る。

だが色気よりも何よりも食い気を優先している日夏にとって、これは死活問題だった。仕方がないので憂鬱ながらも、月末のパーティーにはとりあえず参加するつもりでいるのだ。もっとも。

（ちらっと顔だけ出して、あとは食べ物持って客室に籠城《ろうじょう》してやる…）

そんな浅はかな魂胆《こんたん》で頭はいっぱいだったりするのだが――。

だから当座の厄介事は、この「ストーカー」の一件に絞られると言っていい。

「あ」

ふいに馴染《なじ》みのある気配が意識の端に引っかかる。廊下《ろうか》を進んでくるそれは紛《まが》いようもなく、一尉のものだった。慌《あわ》てて三人に、他言無用の念を押す。

「つーことでさっきの話は全部オフレコな」

「了解。つーか、ハブられたなんてあいつが知ったらこっちの身が危うい」

「じゃ、放課後までに一人一つは対策案を練ってくること」

「え、それ強制？」

古閑が惚《ほう》けたように大口を開けた直後に、カラカラと軽い音を立てて教室の扉《とびら》が開かれた。ほぼ同時に三限目終了のチャイムが鳴る。

「日夏、ちょっとつき合ってくれないかな」

チョコレート色の髪をさらりと揺らしながら、中を覗《のぞ》いた一尉が日夏に向けて手招きをした。すっきりとした鼻梁《びりょう》に降りかかる前髪を、長い指先がスマートな仕種で掻き上げる。穏やかな笑みを常に湛えた薄い唇。切れ長の落ち着いた双眸《そうぼう》は深い藍《あい》色に染まっており、右目の下にだけポツンと散った涙ボクロがまた怜悧《れいり》な面立ちを際立たせるのに一役買っていた。

節度と品位を保った言動は学院内外を問わず定評がある。スラリとした長身に規定どおり着こなされた制服は、高潔《こうけつ》な雰囲気すら漂わせていた。

銀糸のストライプが細かく散ったカッターシャツの左胸には、校章でもある「月と星と太陽」を模したエンブレムが、こちらも銀糸で刺繍《ししゅう》されている。首もとを引き締めるタイは艶《つや》のない墨《すみ》色で同色のスラックスともあいまり、ストイックな雰囲気を醸《かも》し出していた。

同じ制服を着ているにもかかわらず、日夏の崩しきった着こなしとは雲泥《うんでい》の差だ。

かたや学院の問題児、かたや無敵の優等生——。

だがそんな二人が連れ立って歩く姿も、いまではずいぶん馴染みの光景になっていた。

「もう昼飯?」

「いや、その前にちょっとね。いいかな?」

「んー。じゃまたあとでなっ」

何事もなかった顔で三人に手を振ると、日夏は小走りに教室を出た。

それにしてもこんなふうに何の前触れもなく、一尉が日夏のもとを訪れるのはめずらしいことだった。火急の用事でも出来たのだろうか。

「どうかした? 急用?」

「——ある意味ではすごく急用、かな」

一尉が伏せた瞳に、ふ…と皮肉めいた色合いを混ぜる。

「え、何? ババアがまた何か言ってきたとか?」

そう言いながら、教室の扉を後ろ手に閉ざしたところで。

「な…ッ」

日夏は有無《うむ》を言わせず正面から抱き竦められてしまった。日夏の痩身《そうしん》を自分の身に沿わせるように、一尉の手が華奢な背を無理に撓《しな》らせる。

「おっまえ何考えてんだよ…っ」

休み時間を迎えた廊下には当然、自分たち以外の生徒もたくさん流れ込んでいる。そんな中での唐《とう》突《とつ》なスキンシップに、日夏は慌ててジタバタと身じろいだ。

「――――…」

だがどんなに暴れようとも、腕の拘束《こうそく》は強まるばかりで一向に外れる気配はない。それどころか背中に回された右手が怪しい動きまで見せはじめる始末だ。

(どういうつもりだよ…ッ)

スラックスとシャツの隙間にするりと指が滑らされる。そのまま下りてこようとする指を阻止《そし》するため、日夏は慌てて背後に両手を回した。しかしそれを待ちかまえていたように、一尉の左手が日夏の両手首をまとめてきつく束ねてしまう。

「ちょ…っ」

「実は少し困ったことになっててね」

動けなくなった日夏の耳もとに、一尉がかすれた声で囁《ささや》く。

(いやいやいや…)

この場合、困ったことになっているのは確実に自分の方だろう。

出来れば声を大にして主張したいくらいだったが、すでに凄《すさ》まじく注目を集めているのでこれ以上周囲の気を引くのは得策ではない。

とにかく、どうにかしてこのトチ狂っている男を正常に戻さなければいけない。

(正常――?)

そこまで考えてから、日夏は一尉の体が異常なまでに熱くなっていることに気がついた。シャツ越しに合わせた胸も、耳もとに触れてくる吐息も、いつもの何倍もの熱を帯びている。つかまれた手首からは特にダイレクトにその熱さが伝わってくる。

この火傷《やけど》しそうな体温には覚えがあった。

「ま、さか…」

恐る恐る窺った一尉の表情は、いつもどおりの涼しげな風情を保っている。だがよーく目を凝《こ》らすと、瞳の奥がわずかにだが頼りなげに揺れているのが見えた。……これはまずい兆候だ。

「おまえ、コレいつから…」

「――はじまったのは今朝、登校してからだよ。最近ちょっと熱っぽいなとは思ってたんだけど、まさかこんな短期間でくるとは思わなくて…」

ざわざわとした周囲の喧騒《けんそう》ももはや気にならない。いや、それどころではなかった。下手するとこのままここで大変な目に遭わされかねないのだ。

「とりあえず場所移動、な…?」

きつい拘束の中で爪先《つまさき》立つと、日夏はなるべく穏やかな声音を一尉の耳もとに吹き込んだ。

2

魔族には「発情期《ヒート》」というものがある。

これは三つの種族に共通する体内システムで、基本的にはその期間に性交しなければ受胎《じゅたい》することはない。たいがいの魔族は十歳から十三歳までの間にこのヒートを迎え、成熟体へと移行していく。一度のヒートは一週間から十日ほど続き、そのサイクルは個体によって多少の違いはあるものの、だいたいは一カ月から三カ月の周期で巡ってくる。

——だから一尉がヒートを迎えるにはあまりに早すぎるのだ。

「おまえ、こないだのヒートからまだ二週間じゃん…」

「アカデミーから戻って以来、どうもホルモンバランスが崩れてるみたいでね」

「俺なんて、あれからまだ一度もきてないぜ?」

魔族の中で「半陰陽」はなぜか、通常の魔族よりも成熟が遅い。

日夏も四月の末、十六歳の誕生日に初めてのヒートを迎えたばかりだった。

ヒートを迎えると体が発熱し、いつもより強い性衝動に襲われるのだ——と話には聞いていたが、自分がその渦中《かちゅう》に放り込まれるのは初めてだったので、ヒート初体験はかなりの羞恥《しゅうち》を日夏の記憶に刻み込んでいた。どうしようもない欲情に衝き動かされるように一尉を求め、ほぼ毎日のように濃厚な夜をすごすはめになったのだ。抗《あらが》えない激情に流されるまま、日に数度、行為に及んだこともある。ヒートが終わってから思い返す日々は、まるで悪夢のように思えたほどだ。

それほどにヒート中は、理性を失うほどの強い性衝動に支配される。

魔族はただでさえ、ヒトよりも快楽に流されやすい傾向がある。ヒート期以外は誰と交わろうが、リスクを負わずに快感だけを貪《むさぼ》ることが出来るのだ。ゆえに貞操《ていそう》観念なんて頭にない輩《やから》の方が圧倒的に多いだろう。魔族の日々は怠惰《たいだ》と享楽《きょうらく》で出来ていると言っても過言ではない。

そんな魔族も生殖《せいしょく》に関わるヒート時だけは慎重《しんちょう》を期するのだが、それはパートナーがいない場合の話だ。――一尉にはすでに自分という正式な相手がいるのだ。

『ヒートの発散にはパートナーとのセックスが一番合理的で安心なんだよ』

とは、初めての発情時に一尉によって吹き込まれた言葉だ。さらに、二週間前の一尉のヒート時にはこんな言葉までがつけ加えられた。

『もちろん君が体の浮気を許せるんなら、解消法なんていくらでもあるんだけどね――』

そんな脅しまでかけられては、相手を買って出ないわけにはいかなかった。

(冗談じゃない…)

一尉が自分以外を相手にするなんて、それは考えただけでもイヤだ。想像だけでも瞼《まぶた》の裏が燃えるような嫉妬を覚える。もちろん、ヒートでドSに磨きをかけた一尉を相手にするのも限りなくイヤなのだが……秤《はかり》にかければ、勝《まさ》るのはやはり一尉への思いだ。

「それで、どうする気なんだよ…」

あれから——どうにか穏便《おんびん》に場所移動することに成功し、日夏はいま一尉と二人きり、サロンの一室で向かい合っていた。特別棟に何室か設《しつら》えられたこのサロンは、『階級上位者』にのみ使用を許された特別な部屋だ。

魔族が経営する学校は他にもいくつかあるが、中でもグロリアは名家の子息たちが多く通うことでも有名な名門校である。学院内において、家柄の次にものを言うのがこの能力別階級制度だった。チェスの駒《こま》になぞらえられたその階級グレードは、上から順に「K〈キング〉」、またはQ〈クイーン〉」「R〈ルーク〉」「B〈ビショップ〉」「N〈ナイト〉」「P〈ポーン〉」とランクづけられている。この五つの階級の中でもサロンへの入室が許されているのはキング、並びにクイーンだけだった。ビショップの日夏など、その存在すら最近まで知らなかったほどだ。

風紀の実務室やサロンといった階級上位者たちが使える部屋は、呆れるほど贅沢な内装や凝った調度品で固められているのも特徴の一つなのだろう。シックな紺色のクロスで統一された壁には、金色の額縁《がくぶち》に収まった絵画が点々と飾られている。十二畳《じょう》ほどの広さに点在しているソファーやテーブル、灰色の天井《てんじょう》から下がる控えめなシャンデリアにしても、名のあるアンティークなのかもしれない。極めつきに、扉口の上には鹿《しか》の頭の剝製《はくせい》までが据えられていた。

いままでにも何度か昼寝で利用させてもらったことのある部屋だが、ここまでまじまじと室内の様子に注目したのは初めてだった。自分には縁のない代物《しろもの》ばかりがひしめいていてそれでなくても居心地が悪いというのに、一尉の魂胆を考えればなおさらだ。

見るからに高価そうな猫脚の一人がけに浅く腰かけながら、日夏は向かいのカウチに悠然《ゆうぜん》と腰を下ろしている一尉にきつく研《と》いだ視線を投げかけた。そのシャツの襟元には学年とクラスを示すローマ数字の記章と、デコラティブにデザインされた「K」の金文字が留められている。

「どうするって、わかっててついてきたんじゃないの？」

そう言って披露された笑みがあまりに鮮やかで、日夏は思わず背筋を震わせていた。

すでにサディストの血が騒ぎはじめているらしい——。廊下での一件も、どうやら日夏をこの部屋に連れ込む作戦の一環だったようなのだ。

『頭を冷やしたいからサロンまで連れていってくれないかな…』

そうしおらしく言っていたのがまるで嘘みたいに、この部屋に辿り着くなり一尉はテキパキと厳重に扉を施錠《せじょう》し、「さて、これで邪魔《じゃま》は入らないね」と涼しい笑顔で言い放ったのだ。

「あんな演技までして俺を連れ込みたかったってわけ？」

「君は学校でするのを嫌がるからね。素直に言ってもきてくれないだろう？　それにヒートでつらいのは本当だよ」

（確かにあれじゃあな…）

一尉の体の熱さはまだこの掌に残っている。あれほどの発熱となれば、かなりの欲情に見舞われているのは間違いない。一度でも抜けば一時的に症状は緩和《かんわ》するので「お一人でどうぞ」と言いたいくらいなのだが、それで治まりそうにないと判断したから一尉も自分のところへやってきたのだろう。

「君を廊下で犯《おか》し兼ねない可能性も、少なからずあったからね」

「……真顔でそういうことを言うな」

「本気だよ。冗談を言える余裕なんて、もうないんだ」

言いながら立ち上がった一尉に、日夏はビクッと両肩を揺らした。

(わわわ…ッ)

もし自分が猫であれば、全身の毛が逆立っていることだろう。左右のヒゲをぴんと張り、シッポの先まで試験管ブラシのようになっているに違いない。

重厚な絨毯《じゅうたん》をゆっくりと踏み締めながら近づいてくる一尉を見据えると、日夏は精一杯の反抗心を込めてギッと両目を眇めた。だがそれも続いた一言ですぐに力を失ってしまう。

「挑発はあとで高くつくよ」

「〜〜…っ」

そんなことを言われてはもう抵抗する術《すべ》がない。

近づいてきた一尉が自分の頬に触れてくるのを、日夏は身を固くしたまま受け入れた。

「そんなに警戒しなくても大丈夫だってば」

一尉曰《いわ》く、サロンはこういった用途に使われることも多いから防音性に優れているのだという。扉のロックもよほどのことがない限り破られる心配はないので、無粋《ぶすい》な邪魔が入ることもない——だがそんなことをいくら言い募《つの》られたところで、安心する気には到底なれなかった。

「前にも学校でしたことはあるでしょう?」

「あれとこれとは違うだろ…っ」

「そうかな」

確かに以前にも一度だけ、校内で行為に及んだことがある。だがあの時はどちらがヒートだったわけでもなく、しかも時間が限られていたので最後まではしていない。いまとは状況が違うのだ。

(あの時だって死ぬほど恥ずかしかったっつーの…ッ)

一尉と経験するまでは手淫《しゅいん》しか知らなかった日夏にとって、そのテの行為はベッドの上と相場が決まっている。それ以外はすべてイレギュラー、学校でなんて言語道断《ごんごどうだん》だ。

情事の直後で火照《ほて》った体や艶めいた表情を誰かに見られるなんて——羞恥の極みにほかならない。前回だってクラス中にバレてるんじゃないか、と気が気じゃなかったというのに…。そもそも最中の痴態《ちたい》を一尉に晒すことすら、日夏にとってはまだまだハードルの高いことなのだ。

(で、もなぁ……)

無言で思案する日夏の頬を、一尉の乾いた掌がゆっくりと撫でる。

いつもは冷たい一尉の指先が、いまは驚くほどの熱さで日夏の肌に触れている。

自分より数年早くヒートを迎えている分、こういった衝動を無難にやりすごす術も一尉は身につけているはずだ。現に日夏がヒートを迎えた数カ月前、ほぼ同時に一尉もヒートを迎えていたというのに、一尉はそんな葛藤《かっとう》を匂わせもせず、涼しい顔で日常生活を全《まっと》うしていたのだ。そう考えれば、今回のヒートが一尉にとっても予想以上のものであることはわかる。

(もしも、どうしてもっていうんなら——)

今日はこれで早退してもかまわない、だからせめて家に着くまで待って欲しかった。すでに二カ月以上同居している、代官山《だいかんやま》の家でなら勝手も知れている。まだ諦《あきら》めもつこうというものだ。

「なあ、家に帰ってからじゃダメ…?」

日夏のこれ以上ないほどの譲歩案《じょうほあん》に、一尉はすっと唇だけで笑みを浮かべた。

「じゃあ二択にしようか。好きな方を選ぶといいよ」

右手は日夏の頬に添えたまま、緩やかなカーブを描く肘掛《ひじかけ》に一尉の左手が乗せられる。気づけば椅子《いす》の背に追い詰められるような格好になっていた。逃げ場のない日夏の身に追い討ちをかけるように、一尉が緩慢《かんまん》な動作で上半身を傾けてくる。吐息だけでほくそ笑む気配を間近に感じて、悪い予感にまたゾクリと背筋が震えた。

——得てして、外れて欲しい予感ほど的中するものだ。

「いまここで軽く発散しておくのと、家に帰って二人がかりでされるの、どっちがいい?」

「ま、また分身する気かよ…ッ」

「あの日のことは、一生忘れられないよ」

一尉が言う「あの日」とは、日夏の中でも『忘れたい過去ベスト5』に入るほどの悪い思い出だ。

他人の能力を奪い、一時的に自分の物と出来る力『強奪《スナッチ》』――。

それが一尉の持つ恐ろしい能力だった。いまでは滅多に出ないというその稀少性もあり、キングという評価を与えられているその能力を使い、あの日一尉は後輩から『分身《シャドウ》』という能力を拝借《はいしゃく》してきたのだ。そうして分身した影と本体の自分の二人がかりで、理不尽《りふじん》としか思えない「躾《しつけ》」を日夏の身に施《ほどこ》したのだ。前から後ろから、大変な目に遭ったのは言うまでもない。

「入れられながら前を口で可愛がられるの、好きでしょう? 括《くび》れを甘噛《あまが》みされながら突かれたり、根本を縛《いまし》めたまま吸引されて、中をグリグリされるのも堪《たま》らなく悦《よ》さそうだったよ」

「あ、あんなのは二度とゴメンだからなッ」

「ふやけるほど粘膜をしゃぶられて、泣きながら数え切れないほど達したよね」

「言うなってば…!」

「じゃあ、答えは一つしかないんじゃない?」

「――…ッ」

汚い、何という汚い手口だろうか。だがここで後者を取れば、確実に3Pの夜が待っているのだ。一尉はこういう点では憎たらしいほどに有言実行を貫《つらぬ》く。

(こんなやつ、地獄に堕ちればいいのに…)

呪《のろ》いの言葉を胸の内で吐き散らしながら、日夏はすでに潤《うる》みかけている両目でキッと傍《かたわ》らの一尉を再び睨《にら》み上げた。言葉にならない抗議を込めた日夏の眼差しを、見た目だけは涼やかな瞳が無言で受け止める。そのまま数秒ほど視線を闘わせたのち、一尉はおもむろにその場で膝《ひざ》を折った。

「え……」

椅子に座った日夏に傅《かしず》くような様子で跪《ひざまず》いた一尉に手を取られる。日夏の手の甲に自身の熱くなった頰を押しあてると、一尉はわずかに首を傾けて上目遣《うわめづか》いに日夏のことを見上げてきた。

「――どうしても、ダメかな…？」

（こ、こいつ……）

卑怯《ひきょう》にもほどがある、としか言えない。そんな弱ったような目をされたら、何だかこちらが無理を言っているような気になるではないか。腕力や辱《はずかし》めの言葉で追い詰めるよりも、よほど有効な手段を一尉はすでに心得ているのだ。

（クッソ…）

これが惚れた弱味というやつだろうか。こんなふうに頼りなげな一面を見せられると、どうしても抗いきれなくなってしまうのだ。

「――――…」

長い長い沈黙の末に、日夏はかすれた声で結論を告げた。

「三崎屋《みさきや》の鰺丼《あじどん》…」

「え？」

「ゆ、夕飯…！　三崎屋の鰺丼にしてくれんなら、いい…」

我ながら何を言ってるんだろうとも思うが、そんな下らない交換条件でもないよりはマシだ。ただで折れるのも癪《しゃく》に障《さわ》るし、あとで好物が食べられるというのなら少しは堪えようもある。

「それってちょっと、売春ぽいね」

ややしてから一尉が唇の片端を吊り上げて笑った。

「そうやって誰にでも春を売るの?」

「なっ、なわけないだろっ、おまえだけだよこんなの…」

「俺にだけ売ってくれるんだ?」

どこか淫猥《いんわい》に笑んだ唇が、前触れなく日夏の人差し指を食《は》む。熱い舌先をねっとりと絡められて、日夏は目元が発火したような錯覚《さっかく》に陥《おちい》った。

「ひ、昼休みまでにはぜったい終わらせろよ…ッ、あと中には…」

「うん、出さないよ。セーフセックスの準備はちゃんとしてきたから安心して」

(って準備万端《ばんたん》かよ…)

唾液《だえき》で濡れた手を引かれて、その場に立ち上がるなりスルリと横抱きにされる。最終的にはこうして一尉のいいようになってしまう自分を口惜《くちお》しく思いながら、日夏は諦めの境地で身を委《ゆだ》ねた。

イヤとかイイとかヤメテとか——。

自分でも何を言っているんだか、わからなくなってだいぶ久しい。

「あっ、ア……ッ、ぁあア…っ」

二人の姿はお誂《あつら》え向きな、幅広のソファーの上にあった。たっぷりとしたビロードの座面には、いまは保護のために艶のあるシーツが被せられている。恐ろしいことにこの部屋にはこんな物までが常備されているらしい。いまや飛び散る粘液やローションでだいぶ汚れてしまったが、肌触りといい光沢《こうたく》といい、シーツもかなり上等な物なのだろう。

「ん…っ、ヤ、ぁ…っ」

対面座位で抱き合ったまま揺すられると、間に挟まれた昂《たかぶ》りが自動的に擦られて、思わず身をよじりたくなるほどの快感が立て続けにそこから湧き上がってくる。

すでに二度達しているそこは、自分の吐き出した粘液ですっかり濡れそぼっていた。

そのおかげで余計に滑りがいいのだろう。引っきりなしに与えられる刺激に、いつもよりも赤く充血した先端がトクトクと透明な粘液を吐き出す。そうしてまた揺すられると、泣き喚《わめ》かずにいられない快感がそこから発生するのだ。

前と後ろ、同時に与えられる刺激はとにかく強烈で堪えようがない。終わりの見えない悪循環に、日夏はひたすら泣いて喘《あえ》ぐしか手段がなかった。快感の波が訪れるたびに、日夏の爪先が乱れたシーツをきゅっと引き伸ばす。

「……っ、く」

耳もとで聞こえた小さなうめきと熱い吐息に、一尉が薄いゴム越しに達したことを知る。一尉自身もこれで二度、達したことになる。なのに硬度の方はまるで衰《おとろ》える気配もなかった。

「困ったな、まだ治まらないみたい…」

涙でびしょ濡れた日夏の頰に手を添えながら、一尉が熱く上気した首筋に唇を寄せる。そのままきつく吸いつかれて、日夏は繫がったままの不自由な腰をビクビクと震わせた。

普段あまり跡を残さない一尉にしてはめずらしく、もうこれでいくつ目かのキスマークだ。

（ま、まだヤんのかよ…）

四限の開始を告げるチャイムが聞こえたのは、行為をはじめた直後だったように思う。

恐らく、あれからたいして時間は経っていないはずだ。それなのにここまで追い込まれて、泣きながら喘ぐはめになるとは……。ホルモンバランスが崩れている、と明かした一尉の言葉は確かなのだろう。出先だというのにここまで激しくされるとは正直、予想していなかった。

冷静沈着が売りの一尉が、ヒートに煽《あお》られているとはいえここまで理性を失うとは、よほどの衝動なのだろう。そういえば前回の一尉のヒートがわりとあっさりしていたのは、今回の激しさの前触れだったのではないかといまにして思ってみたりする。そんな見解が何に役立つわけでもないが——。

「ごめん、君がまだだったね……イキたい？」

吐息交じりの問いかけに、無意識のままコクンと頷く。

「じゃあ、ちゃんとつかまっててね」

耳朶《じだ》を食みながら囁かれて、日夏は甘い息をつきながら一尉の首に両手を回した。膝裏に回された一尉の掌が、少しだけ日夏の体を持ち上げる。

「あ…ッ、ァアっ」

まだ硬いままの先端でゆっくりと丹念《たんねん》に前立腺《ぜんりつせん》を狙われて、日夏は一尉の首につかまりながら熱く息を荒らげた。擦られすぎて痺れたようになっている先端が、体勢をずらされたおかげでピョコンと宙に浮く。先端がヒクヒクと口を開けているのが、見なくても感覚だけでわかった。

(も、イク……っ)

間近い最後を知っている一尉が、次第に意地の悪いストロークを中のポイントへと叩きつけはじめる。そのたびに白濁混じりの粘液が少量ずつ外へと射出される。

「ふ……っ、ヒ、ァ…ッ」

それだけでも唇の端から唾液が溢れるほどの快感が、断続的に日夏の身を襲う。だが決定的な突き上げをもらわない限りは、本当の最後を迎えることは叶《かな》わない。

「後ろだけでずいぶん感じるようになったよね。——ココ、わかる?」

唐突にスローダウンした律動が、中のしこりを中心にしたグラインドへと切り替えられる。

「あ、アアあァ…ッ」

腫《は》れ上がった前立腺を固い先端に的確に嬲《なぶ》られて、悲鳴じみた声が室内に響き渡った。

一尉との行為でずいぶん体を馴らされたおかげか、後ろの刺激だけでイクことも最近は稀《まれ》にあった。

だがそうして得る絶頂がひどくもどかしく、強烈な痺れを伴なって自身の体を苛《さいな》むこともすでに思い知らされている。普段の射精とはまるで違う、だらだらとイキ続けるようなあの苦しい絶頂は、しかもあとを引くのだ。そのまま四回目に突入したら、昼休みを棒に振るのは確実だった。出来れば後ろだけでなく、前の刺激でイキたい——。

「やっ、前…っ、も…」

「ダメだよ、いま触ったらすぐにイッちゃうでしょう？　今度は一緒に」

「……ッ！」

ポイントをずれた屹立《きつりつ》が、ぐぐっと一気に奥まで押し込まれる。そのあまりの深さに思わず首を振って嫌がると、宥《なだ》めるように一尉の右手が腰に回された。

「んっ、あ…ッ」

支えを失った日夏の左脚が、重力に従ってガクンと落ちる。その振動がダイレクトに内部まで伝わって、日夏は自身の親指のつけ根に歯型を刻んだ。

「深いのはまだ少し、苦手だね」

荒い息が収まらない日夏の背を、灼《や》けるほどに熱い掌がゆっくりと撫でさする。固定していた右脚もシーツの上に下ろされて、日夏は一尉の首筋に手をかけたまま、くたりと背を逸らした。一尉の両手が汗に濡れた日夏の腰を抱き締める。深さに慣れるまでのわずかなインターバルだ。

「こうしてると、日夏の熱さがよくわかるよ」

言いながらさらに腰を引き寄せられる。一尉の胸を喘がせている鼓動《こどう》も少し速かった。自身の奥深くでドクドクと脈打つモノを感じながら、日夏も全身で一尉の熱を受け止める——。

「……っ」

やがてそれがゆっくり外へと引き抜かれはじめた。浅くなった挿入で不安定になった体を支えるために、今度は両手で首筋に縋《すが》る。抜かれる感触に唇を噛み締めながら、日夏は汗ばんだ項《うなじ》に鼻先を埋《うず》めた。熱されて濃密になった一尉の匂いで鼻腔《びこう》がいっぱいになる。逃れがたいフェロモンに捕らわれたように、それだけでも酩酊《めいてい》に似た陶酔《とうすい》感がじわじわと全身を満たしていった。

(これ……堪んない、感じする…)

絶え間ない刺激に晒される体だけでなく、下腹部の奥が疼《うず》くような心地が呼吸のたびにキュンキュンと湧き上がってくる。湿って色濃くなったビター色の髪に五本の指を絡ませながら、日夏は次第に速まっていく突き上げとその切なすぎるほどの感覚に耐えた。

「ふ、ゥ…っ、ア…ッ」

「また元気になってきたね」

深い挿入に一度は萎《な》えかけていた日夏自身に、気づいたら背中にあった右手が回されていた。きつめに握られた掌が、律動に合わせてゆっくりと上下する。絞り出すようなその動きに、中に残っていた白濁と粘液がくぷくぷと溢れて刀身を伝った。

「五日ぶりだからずいぶん溜まってるね」

そのぬめりを使って、一尉がグチュグチュとさらに中身を絞り出そうとする。そのたびに増す締めつけが、一尉にまた悦楽をもたらすのだろう。

「…っ、ひ……ィッ」

前後への刺激は充分だというのに——絶頂は遠い。

「や…ッ、指、やだ…っ」

「イイコだから、もう少し我慢出来るでしょう？」

激しすぎる突き上げは、うっかりすれば身を投げ出されそうになる。右手だけでどうにか一尉の首筋につかまりながら、日夏は不自由な左手で必死に指の拘束を外そうと試《こころ》みた。けれど粘液で滑るばかりで一尉の指は外れない。輪の直径を絞られたまま上下されて、またとぷりと先走りが溢れた。

「アッ、ひ…ッ、ァあっ」

あと少しで絶頂という寸前まで追い詰められながら、指の輪がきつすぎてイクことも出来ず、日夏はそのまま一尉が達するまで焦《じ》らされ続けた——。

そうしてけっきょく、昼休み中に一尉が三度目の吐精《とせい》を迎えることはなかった。

「生きてる？」

「……死んでるに決まってんだろ…」

最後は後背位で執拗《しつよう》に扱《しご》かれたせいで、シーツの上は日夏の吐き出したものでドロドロになっている。腰だけを掲げた状態でもう動くことも出来ない日夏を抱き起こすと、一尉はシーツが無傷で残っている右端の背もたれに汗だくの痩身をもたれかけさせた。脚の間では過度の快楽でまだピクピクと痙攣《けいれん》をくり返すモノが、時折たらりと透明な粘液を垂らしている。

「可愛いね。まだ物欲しげだよ」

「……って、ちょ…ッ」

何を思ったのか突然ソレを含まれて、日夏は慌てて上半身を起こした。見れば絨毯に両膝をついた一尉が脚の間に陣取っている。開いた両脚には閉じられないよう腕のロックがかけられていた。

「後始末だよ。美味《おい》しそうだから口でもイイかなって」

「――――ッ」

ヒートの熱は一尉の脳味噌《のうみそ》をおかしくしてしまったのかもしれない。

普段からわりと恥ずかしい台詞《せりふ》を口にする男ではあったが、こんなことを言われたのは初めてだ。真っ赤になって絶句した日夏に微笑むと、一尉は粘液に塗《まみ》れた日夏のモノにねっとりと舌を絡めた。

「バカッ、あ…っ」

器用に動く舌先が敏感な粘膜を口の中で剝き出しにする。

そのままくるくると周囲を舐められて、日夏は「ヒ――――…ッ」とかすれた悲鳴を上げた。

さすがにもう勃《た》つほどの力は、体力気力ともに残っていない。出すものも先ほどイヤというほど絞り尽くされたあとだ。

「んっ、……は、ぁ…」

快楽の余韻でジンと痺れているソコを労《いたわ》るように、何度も熱い舌先が往来する。

先端のぬめりがなくなるまで切れ目を擦られた時は、さすがに軽い絶頂が背筋を駆け昇ったが、おおむねの汚れを舐め取ると一尉はようやく日夏のモノを解放した。

数分ぶりに触れた空気が、ひんやりと濡れた刀身を包む。

「ハァ…っ、は、ぁ……っ」

ただの後始末のわりには念の入った趣向に、日夏はすっかり肩で息をしていた。

「まだピクピクしてるね。あ、そうだ。この状態からでも射精出来る方法、試してみる？」

冗談じゃない！　と慌てて首を振る日夏に、「じゃあそれはまた今度ね」と一尉が至極残念そうに笑う。今日の一尉は熱に浮かされて何を言い出すかわかったものではない。

（これ以上、何かされて堪るかっつーの…！）

だが下手に刺激するとどんな所業に及ばれるか知れないので、日夏は曖昧《あいまい》な笑顔を浮かべながら盛りのついた男の次の動向を見守った。とにかくこのままの体勢ではまずい。

「うん、おかげさまでだいぶ頭は冷えたよ」

嘘つけ！　と内心では叫びながら「そりゃよかったな」と、なるべく無難な答えを返す。

「日夏のおかげだね、ありがとう」

そこでようやく両脚を固定していた腕を解かれた。だが絨毯から立ち上がるなり、今度はソファーの端に片膝をかけて身を乗り出してくる。持ち上げた膝をそろそろと交差するようにして脚を閉じると、日夏は静かに警戒体勢を取った。そんなこちらの意図に気づいたのか、クスリと小さく笑ってから一尉が首筋に優しく啄《ついば》むようなキスを落としてくる。

愛《いと》しむように、日夏の頬の輪郭《りんかく》から耳の裏までを指先で辿りながら、少しずつ上がってきた唇が日夏の唇を捕らえる。思えばまともなキスは今日、これが初めてだった。

「ん、ン…っ」

歯列の裏を舌先でなぞられて、思わず顎先が上がる。それを合図に口づけはさらに深くなっていった。最中に何度か交わした焼け爛《ただ》れるようなキスとは違う、蕩《とろ》けるようなキス——。

(あ、いつもの一尉のキスだ……)

この部屋にきた当初に比べたら、比較にならないほど一尉の体温も落ち着いてきている。

怪しい言動の方もしばらくすれば解消するだろう。思えばこんな一面を知っているのも自分だけなのだ。そう思うと、またキュンと下腹部の奥が切なく疼いて堪らなくなる。

『俺と会うまではどうしてたんだよ』

前に一度だけ、そう訊《たず》ねたことがある。これまでのヒートにはどう対処していたのか、と。さぞやご盛んだったろうと覚悟して訊いた質問だったが、返ってきたのは意外な答えだった。

『おもに薬で散らしてたよ』

『え、薬なんかあんの?』

『ある、けどやっぱり自然の摂理《せつり》に反する物だからね。推奨はされてないよ。でもヒート時に抱き合いたいと思える相手なんていなかったし』

ヒートを迎えた魔族の多くは、高価な薬に頼るよりも「安全な発散方法」をまず選ぶらしい。即《すなわ》ち、半陰陽を除く同性との行為だ。そういった礎《いしずえ》が昔から築かれている影響なのだろう。魔族は相手が異性でも同性でもかまわない向きがやたらに多い。

そういった風潮《ふうちょう》に一尉自身は馴染めなかったのだという。自身が異種間の「火遊び」の結果として、望まれずに生まれてきた子供だったからかもしれない。

日夏もそうだが、異なる二種の血を引く者には『雑種《ハイブリッド》』というレッテルが貼られる。

ハイブリッドは強力な魔力に恵まれる反面、先天的なリスクを抱えている場合が多かった。日夏の場合はそれが『半陰陽』という形となって顕《あらわ》れたらしい。本来、女流系統であるウィッチに、日夏のような雄体を基本とした半陰陽はほとんど生まれてこないのだという。そういったことからも、魔族は原則、子孫繁栄のうえでは同族間としか交わらないという掟《おきて》があるのだ。ゆえに魔族界のマジョリティは圧倒的に『純血種《サラブレッド》』に偏《かたよ》っている。

魔族にとって「子作り」のためのセックスと、「火遊び」としてのセックスには厳然たる線が引かれているのだ。前者は子孫繁栄のため、後者は自身の欲望のため——。

自分のような存在を作り出す可能性がある以上、たとえ同族間といえども、ヒート時に異性と交わるのは躊躇《ためら》われたのだろう。相手がヒートかそうでないのか、外側から見極めるのは至難の技だ。だからといって快楽に溺《おぼ》れるためだけに同性を選ぶのも空しさが募る。

だからもっぱら、薬の力に頼っていたのだという。

『日夏は信じないかもしれないけど、これでも性淡白《たんぱく》な方だったんだよ』

（どの口で言いやがる、このやろう…）

確か、その時も手ひどく啼《な》かされたあとのピロートークだったので、自分はかなり不審げな顔をしていたに違いない。枕《まくら》に頰を押しつけながら顔を顰めた日夏に苦笑すると、一尉は触れるだけの柔らかなキスを額にくれた。

『日夏に出会えなかったら、俺はいまも薬に頼ってただろうね。それに体だけの経験じゃ得られない、心の通い合う充足も日夏が教えてくれたんだよ』

『じゃあ、おまえいま……幸せ？』

『うん。このうえなくね』

臆面《おくめん》もなく子供のように破顔されて、思わず瞳が潤みそうになった。それに気づかれるのが照れくさくて枕に顔を埋めると、一尉の涼やかな声が鼓膜を優しく震わせた。

『それにこの年でパートナーに恵まれるのって、すごく幸運なことだと思うよ』

その声がいつになく甘い響きを持っていたので、そっと枕から目を上げる。これも前から不思議に思っていた事柄を、日夏は重ねて訊ねてみた。

『おまえらがよく言うパートナーって、恋人とかとはまた意味が違うの？』

『そうだな、もっと家族的な意味合いが強いかな』

『家族？』

『うん。火遊びの相手じゃなくて子作りしたい相手、とも言えるかな』

半陰陽の日夏が一尉と「婚約」するということは、世間的にもそういうことになる。

ハイブリッドでは異例と言われるほどの栄誉を積み重ね、エリートコースを邁進《まいしん》してきた一尉なら相手など選《よ》り取りみどりだったろうに。一尉は自分を選んでくれたのだ。

『俺は日夏と一緒に、家庭を作りたいって思ってるよ』

だから日夏以外を抱くなんて考えられないし、抱きたいとも思わない――。耳もとでそんな宣言をされて真っ赤になった日夏を愛しむように、あの日も一尉は優しいキスをくれたのだ。

（熱い――…）

そんなことをずっと思い返していたからか、ようやく唇を解放された時にはすっかり頬が上気していた。体の芯《しん》までがじんわりと熱を持っているようだ。一尉の抱えていた熱を口移しされたかのような気分だ。トロンとした目で見上げると、今度は頬に口づけられる。

「またしたくなったら困るから、この辺にしておこうか」

ん…、と吐息だけで答えを返すと、日夏は一尉に両手を差し出した。

これまた恐ろしいことにも、サロンには一室ごとにバスルームまでが完備されているらしい。腰の立たない日夏をそこまで運ぶのは、当然ながら一尉の役目のはずだ。だが――。

「これは驚いたな」

そこで急に聞き覚えのない声が二人の間に割り入ってきた。

「おまえみたいな冷血漢でも、好きなやつ相手ならそんなに情熱的になれるのか」

続いて乾いた拍手の音が響く。慌てて目を向けると、隅の暗がりの中に誰かが立っているのが見えた。一尉がすぐさま剝いだシーツを日夏の裸身《らしん》に被せる。

「な…っ」

あろうことか、闖入者《ちんにゅうしゃ》の登場だ。

パンパンと掌を打ち合わせながら、声の主が一歩、二歩とこちらに近づいてくる。あまりのことに呆気《あっけ》に取られている日夏を庇《かば》うように、一尉がすっと右腕を差し出した。

「こっちにきてるとは聞いてなかったけど」

「僕の動向をいちいちおまえに告げる義務はない。それにしても、同一人物とはとても思えなかったぞ。それとも僕の時は手を抜いてたとでも言うつもりか？」

（え――…）

ふいに拍手が鳴り止む。

思わせぶりに吐かれた言葉に、頭の理解が追いつくよりも早く――。

「元気そうだな、一尉」

暗がりから全容を現した人物に、日夏は束の間、目を奪われてしまった。

目の覚めるようなプラチナブロンドに、トパーズの輝きを思わせる黄金色の瞳。

ほんの少し角度を変えるだけで煌《きら》めきの変わる瞳は、まるで本物の宝石のようだった。白色人に近い肌の白さも目に眩いほどだ。もし無言で立っていたら、日本語で話しかけるのはまず躊躇われる風貌だろう。彫りの深い顔立ちは、ギリシャ神話をモチーフにした彫像を思わせる端整さだ。

「おまえの血は緑色なんだと思っていたからな、本当に驚きだったよ」

髪色と同じ、色素の薄い睫《まつげ》毛が庇《ひさし》のように長く瞳の上に張り出している。その隙間から値踏みするような眼差しが一尉のことを見据えていた。

身長は日夏よりいく分、高いくらいだろうか。見惚れるほど整った面立ちにどこか皮肉げな表情を浮かべながら、青年は一尉まで数歩の距離を残して立ち止まった。

タイトなシルエットの黒いTシャツに、カーキ色のカーゴパンツ。胸には小さなラインストーンで細かく英文が綴《つづ》られている。私服なところを見るとグロリアの生徒ではないのだろう。だぶついた裾《すそ》を押し込んだエンジニアブーツの爪先が、トトンと楽しげにリズムを刻んでいた。

「僕の時とは大違いじゃないか。あの時の、機械的な愛撫は忘れられないぞ」

言いながら青年がわずかに胸を反らす。その首もとでキラッと何かが光るのが見えた。

階級ランクを示す記章によく似た、デコラティブなアルファベット。だがそれは一文字ではなかった。貴賓《きひん》の中でも最上級に近い賓客だけが胸に留めることを許された「ＶＩＰ」の文字。

（何者だ、こいつ…）

一尉に向けていた挑戦的な眼差しが、ふと思い出したように日夏の方へも差し向けられる。

「それにしても、こんなロリ顔が趣味だとは知らなかったな」

「……ああ？」

「可愛いのは顔だけで、頭と性格はすこぶる悪い——。そういう典型だろう、これは？」

失礼すぎる物言いにカチンときたのは言うまでもない。

「どういう意味だよ」

売られたケンカは買うのが性分だ。黙って引き下がるわけにはいかない。

だが衝動的に立ち上がろうとした日夏を、一尉が無言でそっと押し返した。邪魔をするなと言いかけた唇を、しかし慌てて引き結ぶ。

（う、わ…）

触れたら凍傷《とうしょう》を起こしそうなほど冷えきったオーラが、一尉の全身から溢れ出ていた。こうなった時の一尉には関わらない方が吉だ。巻き添えを食うと碌《ろく》な目に遭わないこと必至だ。

「俺はともかく、日夏を貶《けな》すのはやめてもらえないかな」

しかし剣呑な気配に臆したふうもなく、青年はうっすらと笑みを浮かべながら顎先に指を添えた。

「ほう。アカデミーから戻って以来、腑抜《ふぬ》けになったという噂はデマだったか。それにしてもそんなじゃじゃ馬のどこがいいんだ？　おまえがそんな悪食《あくじき》だったとは知らなかったぞ」

「——一度言ってわからないほど、そちらも理解力が落ちたのか」

「おや、言うようになったな。まあそう逸《はや》るなよ」

そこでようやく青年が口を引き結ぶ。だがこちらをバカにしきったような態度は崩れない。

青年の言動はそのいちいちが癇《かん》に障った。舐めきった言葉も姿勢も許し難いが、何より鼻に突くのは、徹頭徹尾「上から目線」なその物言いだ。いったい何様のつもりなのか。

(あ、れ…？　でもこいつ……)

だがその時になって、日夏はある重要なことに気がついた。

すぅっと右目だけを眇めて、じっと青年の全身に意識を傾ける。このオーラは魔族の持つ気配ではなかった。けれど、ヒトの持つ気配ともまるで異なる色を持っている。

「長居をする気はない。好きに続けろよ」

「……あんたいったい『何者』だよ」

日夏の声を低めた問いかけに、青年はひらりと優雅な仕種で片手を閃《ひらめ》かせた。

「興味があるなら一尉に訊けよ。火傷してもかまわないならな」

「え…？」

どういう意味か問いかけて、先ほどの思わせぶりな青年の言葉を思い出す。

「その男にはおまえの知らない過去が山ほど詰まっているぞ。痛みが怖くなければいくらでも訊くがいい。その末におまえらが破局しようが僕の関知するところではない」

「――――」

踵《きびす》を返した青年の背中を無言のまま見送る。恐らくは入ってきた時と同様の手順なのだろう、扉口で首もとの記章を外した青年がそれをセキュリティロックの画面に翳《かざ》す。施錠を知らせるレッドサインが一瞬でグリーンサインに変わった。苦もなく扉を抜けたシルエットが廊下に消える。再び閉じた扉は何事もなかったように液晶画面を赤く塗り替えた。

そうしてこの部屋に残されたのは沈黙だけになった。

あの青年がいつからこの部屋にいたのか、それはわからない。だが言葉を交わした時間は正味一分にも満たなかった。いったい何をしにきたというのか。いや、そもそも——。

(何なんだよ、あいつ…)

言いたいことは山のようにある。だがはたしてどれから言葉にしていけばいいのか、すぐには思いつけないほど日夏の頭は混乱を深めていた。にもかかわらず。

「やれやれ……彼がいるとなると、捜査の範囲も広げなくちゃならないな」

一尉の態度に目立った変化は見られなかった。逆にいまの出来事で、ヒートの熱が完全に冷めたようにも見える。何やら納得したふうに一人頷いている一尉を横目に、日夏はまず一番にしなければならないことをピンと脳内で弾《はじ》き出した。

一尉にはいろいろと弁解してもらわねばならないだろう。だがその前にまずは——。

「とりあえず、俺をバスルームに連れてけよ」

日夏はもっともな言い分を、無言で考え込んでいる一尉の横顔にぶつけた。

——案《あん》の定《じょう》というべきか。

3

（ここは本当に学校なのか…？）

うっかりするとヨーロッパのホテルにいるのではないかと、おめでたい勘違いすら出来そうなほどにサロンのバスルームはシックながらも、豪華な造りで彩《いろど》られていた。

映画に出てくるようなクラシカルな白いバスタブは、大の男が二人で入っても苦にならないほどの大きさをしている。その底で膝を抱えながら、日夏はふくらはぎの中途あたりでたぷたぷと揺れている水面にそっと掌を這《は》わせた。

「シャワー出すよ」

真鍮《しんちゅう》のコックを、キュッと音を立てて一尉が捻《ひね》る。

頭上に散り注いできた水勢が、日夏の赤毛に纏《まと》わりついていた泡を次々と押し流していった。温《ぬる》いと冷たいのちょうど中間くらいに設定された水温が肌に心地いい。だが前髪を伝ってきりなく落ちてくる泡がやがて鬱陶《うっとう》しくなり、日夏はざぶりと水面を揺らすとその場に立ち上がった。

一尉の隣に並んでシャワーヘッドに顔を向ける。手櫛《てぐし》で髪を梳《す》きながらすべての泡を洗い流すと、日夏はシャワーとは反対側の縁に腰かけて、フウ…と小さく息をついた。水を含んで重くなった髪を掌で撫でつけるようにして絞り、余分な水分を落としていく。

（だいぶクールダウンは出来たかな…）

浴室に入ってからというもの、ほぼ一言も一尉とは口を利いていなかった。

自分の中で気持ちの整理をつけるためにも、日夏はあえて沈黙を貫いた。その意を察しているのだろう、一尉も必要最低限なことしか口にしない。ともすれば先走りそうになる感情を選り分けながら、日夏は見極めるべき真実を一つずつ吟味《ぎんみ》した。

（こいつが妙に冷めた姿勢なのも気になるんだよな——…）

一尉のシャワーが終わる前にバスタブの栓《せん》を引き抜くと、日夏はみるみる水位の下がっていく水面を浮かせた踵《かかと》でパシャパシャと波打たせた。泡で出来た小島がくるくると円を描きながら排水口へと吸い込まれていく。最後にバスタブの側面に残った泡を洗い流すと、一尉がキュッとまた小気味いい音を立ててコックを捻った。

引っきりなしだった水流の音が止み、今度は水滴の音が耳を打つ。

シャワーヘッドから落ちる水滴が三度を数えたところで、日夏は「なあ」と口を開いた。

「あいつ、魔族でも人間でもなかったよな？」

浴室に入ってからずっと考えていたことの中でも、これが一番気がかりな点だった。アレがいったいどういった存在なのか、そこを知らないことには話が進まない気がしたのだ。

「ああ、さすが。気配だけでそこまでわかるんだね」

先にバスタブを出た一尉が、ふっくらとしたバスタオルを手に戻ってくる。そのうちの一枚を日夏の頭に被せると、自身も広げたコットン地を着痩せして見える両肩に載せた。

「彼は言うなれば、魔族と獣《けもの》の中間ってところかな」

「中間？」

「『合成獣《キメラ》』って聞いたことない？　魔族と獣の遺伝子をかけ合わせて作られた存在なんだけど」

「は？　そんなこと出来るのかよ？」

バスタオルを被ったまま首を捻った日夏に、一尉が手早く髪を拭きながら肩を竦める。

「うん、出来たんだ。昔はね」

いまはもう失われた力の一つにそういう能力があったみたいだよ、と一尉は静かな声で続けた。

魔族の力の片鱗《へんりん》を持ち、人容変化も可能なキメラが種《しゅ》として固定されたのは中世の中頃――。

当時、貴族階級の魔族たちの間でキメラをペットとして『飼う』のが流行《はや》っていたのだという。犬や猫などの身近な動物から、はては狼、ライオン、虎《とら》などの猛獣に至るまで。様々な種のキメラが次々と産み出されては高値で取引されていたらしい。

「人容変化が出来る獣、といっても彼らには充分すぎるほどの知能や理性がある。そういった意味では何も変わらないよ、日夏とも俺ともね。魔族と唯一違うのは、ヒト型にも獣にも自由に変化することが出来るってことくらいかな。――それから、容姿が際立って目を引くのも特徴の一つだね」

そのあたりにも魔族の業《ごう》の深さを感じるよ、と一尉がか細い声でつけ足す。

「趣味のいい話じゃないよね。自分たちに都合のいい存在を一方的に創り出したうえ、見目のいい愛《あい》玩《がん》動物として飼い殺すなんてさ」

「最低だな…」

「悪趣味なブームは十年近く続いたらしいよ」

だがキメラを作り出すその能力自体を異端視《いたんし》する向きが次第に広がり、歪《いびつ》な流行はやがて悲しい終《しゅう》焉《えん》を迎えたのだという。

「何があったのか、詳しいところは文献《ぶんけん》が残ってないんだけどね。ある日を境にその能力は弾劾《だんがい》を受け、根絶《こんぜつ》されたっていう話だよ。キメラもその多くが処分されたって」

「え？　つーか、キメラ悪くねーじゃん」

「うん。反対派も、あくまでも自分たちの都合でのみ動いてたんだろうね」

いつの時代も魔族という種族は、自分勝手に生きている「蛮族」めいた存在なのだろう。

母親と死別した日夏が神戸の椎名本家に引き取られた件も、すべては本家の思惑でのみ図られたことだった。人間である父親は記憶を抜かれ、愛する妻や息子がいたことすらも忘れはてて、いまもこの世のどこかで暮らしているのだろう。一言目には家を捨てた母親が悪いと、二言目にはその咎《とが》は息子のおまえがすべて被るべきなのだ、と言われ続けて日夏は育った。不当な圧力に対する反骨心、その強い意志がなければとてもあの日々を乗り切ることは出来なかったろう。

これだから魔族は…と、知らず深い溜め息が漏れていた。

「でも君がさっき見たとおり、キメラはこの世紀にもちゃんと存在してる」

「……ああ、確かに見たな。憎まれ口叩いてやがったよな」

愛好家に匿われ、ほんの一部のキメラだけが難を逃れ、生き残ることが出来たのだという。

「だから現存するキメラの生体は、とても貴重なものとして扱われているんだよ。世界でも五十体に満たないっていう話でね。そのほとんどがいまはアカデミーで保護を受けてるよ」

いつのまにかバスローブを羽織った一尉が、バスタブに腰かけたままの日夏の背後に立つ。慣れた手つきで髪を拭かれながら、日夏はややしてから「ええっ？」と素《す》っ頓狂《とんきょう》な声を上げた。

「じゃあ何、あいつすっげー長生きしてんの？」

見た目は自分と変わらない年頃に見えたが、中身はものすごく年寄りなのだろうか？　だとすればあの不遜《ふそん》な口ぶりにも合点《がてん》がいく。むろん腹立たしさに変わりはないが。

「いや、キメラの生態として長寿《ちょうじゅ》なのは確かだけどね、さすがに彼も中世の頃から生きてるわけじゃないよ。種として固定されたって言ったろう？　彼らには生殖機能があるんだ。でもこれが特殊な条件下でしか働かない機能でね。キメラの絶対数は年々減ってきてるんだよ。キメラの生態についてはまだわからないところもたくさんあるからね。これにはアカデミー側も頭を痛めてるらしいよ」

「おまえがあいつと会ったのもアカデミーってわけだ？」

「——そういうこと」

アカデミーは魔族の中でも特に能力に秀《ひい》でた者だけを各国から招集《しょうしゅう》し、徹底した英才教育を施す全寮制の機関だ。グロリアの階級制度で言えば、ルーク以下には誘いもかからない狭き門でもある。

その特質性ゆえ機密保持が第一とされるため、アカデミーに関する詳細はかかわりを許された者にしか明かされないのだが、そういった教育の他に多方面にわたる研究が盛んなことも一部の者には有名なことらしい。

髪を拭く一尉の手から強引にバスタオルを奪い取ると、日夏は首だけを背後に巡らせた。一尉の冷めた双眸を見上げながら、両目の隙間を剣呑に狭《せば》めて見せる。

「あいつが絶滅《ぜつめつ》危惧種《きぐしゅ》だってのはよくわかったから、次はおまえとあいつの関係について、とっくり説明してもらおうか？」

気分的には何より一番、これが気にかかっていたことだ。本題と言ってもいい。

あの男の言葉を信じるなら、一尉は過去に金髪とただならぬ関係を持ったことがあるということだ。

自分と出会う前のこととはいえ、その相手にあんな思わせぶりな台詞を目前で吐かれては、気にならずにはいられない。

「そうだね」

疑惑《ぎわく》で歪んだ眼差しを一身に浴びながらも、一尉は涼しい顔のまま弁解をはじめた。

「誤解を生みたくないから率直に言うけど、彼とは一度だけマッチングテストで寝たことがあるんだ。でも相性が合わなくてね、開始五分で終了。前戯《ぜんぎ》と呼べるほどのことは何もしてないよ。体の関係についてはそれだけ。ただお互いアカデミーに暮らしてたから、顔だけはよく合わせてたけどね」

「何だよ、マッチングテストって？」

「貴重なキメラ種を後世に残すために、研究所で定期的に体の相性テストが行われてたんだよ。キメラの生態から言えば、無駄な努力にしか思えなかったけどね」

「生態って？」

「さっきも言ったけど、彼らの生殖形態は特殊でね。誰かに恋に落ちた時点で体が成熟期を迎えるんだ。だから『恋』を経験するまで、彼らは思春期から年を取ることがないんだよ。恋した相手としか交わらないし、子を生《な》せない――そういうとても特別な生態をしてるんだよ」

（何っだ、それ……）

魔族自体が浮世離れした存在ではあるのだが、キメラはさらにその上をいく荒唐無稽《こうとうむけい》さを具えているらしい。だいたいにしてキメラの存在そのものが日夏にとっては初耳だった。

六歳まで自分は人間なのだと疑いもせず育った身は、どうも魔族とは様々な時点で感覚がずれているところがある。魔族の身勝手さや無節操さに相容《あいい》れないものを感じるのもその一つだが、もしかしてキメラの存在も魔族の一般常識の一つなのだろうか。

「いや、キメラについて知識があるのはアカデミーとかかわった者か、ごく一部の者だけだよ」

「あ、そうなんだ」

「そもそも、キメラがあんなふうに出歩いてるのだって前代未聞《ぜんだいみもん》に近いんだけどね。そう簡単にはアカデミーを出られないはずだから。惣輔《そうすけ》さんに無理言ってついてきたのが有力な線かなぁ…」

最後は独りごちるようにそう呟《つぶや》くと、一尉は日夏の手から取り返したタオルをまた赤毛の上に被せた。濡れた髪にタオルドライを施しながら、ふいに一尉が耳もとに唇を寄せてくる。

「でもよかった。気にしてくれてたんだね、彼の言葉」

タオル越しに囁かれた言葉が思わぬ安堵《あんど》に満ちていて、少しだけ照れくさい気分になった。

「……んなの、あたりまえだろ」

「てっきり嫉妬は俺の専売特許かと思ってたから、ちょっと安心したよ」

あれだけ匂わせる言葉を金髪が残していったにもかかわらず、日夏が逆上を見せないことに一尉としては一抹《いちまつ》の不安を抱いていたらしい。妙に落ち着いて見えたのも、日夏の様子を探るためにわざと平静さを装っていたのだという。

「――嫉妬されるのって嬉しいね。日夏の心の中に俺がいるんだ、って実感出来る」

(まあ、確かにね…)

古閑の軽口にあまり過敏になられるのも困るが、でもそのたびに「思われてるのだ」という手応えは得られる。そういった一尉の言動に、自分が安堵を得ていたのもまた事実だ。一尉がこんなふうに実感を得られるのなら、たまにはこういうのも悪くないだろう。

「俺が好きなのは君だけだから。神に誓ってもいいよ」

タオルの上からこめかみに唇が押しあてられる。そのまま背後から肩を抱かれて、日夏は赤面した顔を見られまいと慌ててコットン地の端をつかんだ。この程度は朝飯前で口にする男なのでそろそろ免疫《めんえき》が出来てもよさそうなものなのだが——なかなか慣れるものではない。

(ん？　待てよ……)

だがふと思い出した男の言葉に、日夏は眉間《みけん》に小さくシワを寄せた。あの金髪は去り際に不吉な予言めいたことを、したり顔で残してはいかなかったろうか。

「おまえさ、過去のことで他にも隠し事してない？」

「え？　してないよ？」

返ってきた即否定の台詞を何度も頭の中で反芻《はんすう》しながら、男の言葉と照らし合わせる。

一尉の先ほどの懺悔《ざんげ》程度で、自分たちの関係が揺らぐことはない。男の捨て台詞からすればあまりにインパクトが足りなさすぎるのだ。自分の知らないアカデミーでの一尉を知っているだろう男の言葉は、日夏にとっても聞き捨てならないものである。

「本当に？」

一尉の腕を解いて立ち上がると、日夏はバスタオルで口もとを隠したままじっと藍色の双眸を見つめた。嘘の気配に気を張りながら、一尉からの返答を待つ。

「ああ、さっきの彼の言葉だね。でも残念ながら、そんなドラマチックな過去は持ってないよ」

「ふうん？」

そう言葉を重ねる一尉の声には、動揺も躊躇《ちゅうちょ》も感じられなかった。

嘘をつきとおすスキルにかけては、自分よりは一尉の方が確実に上だ。だがもしも本当に何かあって、のちに爆弾となるような過去を秘めているのなら、一尉が口を閉ざすのは考えがあってのことだろう。だとしたら追及はまたの機会にしておく方が利口だ。

（……ま、そーいうことにしておきますか）

「それよりも腹減った。何か食わねーと一時間後には餓死《がし》しそう」

「君が言うと真実味があるから怖いよ」

「誰かさんのせいで昼休み潰れたんだぜ？　出前取るくらいの男気を見せてくれよ」

自分からさっさと話題を変えると、日夏はバスタブを跨《また》いで冷たいタイルに踵をつけた。先に浴室を出た一尉の背中に続こうとして、ふと足を止める。

肩に落としたバスタオルの両端を喉もとでかき合わせながら、日夏は天井近くで口を開けている明かり取りの窓に目を向けた。小さな枠《わく》の中で灰色の雲がゆるゆると渦《うず》を巻いている。

（何だろうな、これ…）

焦燥《しょうそう》とは違う、けれど急《せ》き立てられるような心地が、気づけば鳩尾の奥に生まれていた。

――あとになって思えば、それは嵐の前触れを知らせる警鐘《けいしょう》だったのだろう。でもこの時は誰も、この先で何が起きるかなんて想像すらしていなかった。

その日のランチはけっきょく、購買で売れ残っていたすべてのパンで賄《まかな》われることになった。

図らずも過度な運動をさせられたおかげで、日夏の空腹も限界に近かった。テラスのいつもの席で片っ端からそれを片づける日夏に、一尉が餌《えさ》づけした猫を眺めるような微笑ましい視線をテーブルの向かい側から穏やかに送る。

「俺の分も少し食べる？」

「んーと、じゃメロンパンもらっていい？」

最近ではそれもありふれた光景になっており、授業中のテラスに二人が並んでいてもわざわざ注意してくる教師はいない。アカデミーから戻るなり風紀の学年主任に配された一尉といる限りは、問題児として名を轟《とどろ》かせた日夏もうるさい教師の口出しに煩《わずら》わされずにいられる。とはいえ一尉と離れてピンで行動した途端、目くじらを立てられることも中にはあったが、以前に比べれば比較にならないほど快適な学校生活がこのところずっと続いていた。

（まあ、金髪とは二度と会わねーかもだし、パーティーは保留にするとして…）

やはり当面の気がかりといえば「ストーカー」の一件だ。

一尉には明かさず、あの三人と自分だけで追い払えればそれが一番円満な解決方法かもしれない。問題はどう穏便に追い払うかなのだが——具体案がすぐに思い浮かぶほど自前の脳味噌が利発だったら、最初からこんな悩みを抱え込んではいない。

「んー…」

腹が膨《ふく》れたところで睡魔の急襲に見舞われながら、日夏はテラスの片隅で両腕を枕に思索《しさく》に耽《ふけ》っていた。出席日数の関係で六限の英語には顔だけでも出したかったのだが、サロンでの行為と満腹のせいで重だるい体がそれを許してくれそうにない。五限目までを終えた生徒たちがちらほらと溢れるテラスも、六限の開始に備えてじきにまた無人になるだろう。

(どうしたもんだかなぁ…)

一尉のいないテーブルに一人で顔を伏せながら、ループになっている思考の突破口を探して、日夏は考えあぐねていた。人間にも魔族の能力は有効なので、穏便に事態を収められる能力に誰か心あたりがなかったか、先ほどから記憶のアルバムを右に左に何度も捲《めく》っているのだが、まるで該当者《がいとうしゃ》にいきあたらないのだ。そもそも自分にとって友人と言える存在など、五指でこと足りるほどの人数しかいない。加えてクラスメイトにしろ何にしろ周囲の魔族に興味がないため、誰がどんな能力を持っているかという、基本的な情報すら自分はまるで把握《はあく》していないのだ。

こういったことに関してはメガネの情報魔、八重樫のコネクションが一番使えるのだが、そう思って食後すぐに送ったメールに返ってきたのは「忙しい」という簡潔《かんけつ》な一言だけだった。

「あのクソメガネめが…」

その腹立ちを紛らわせるため渾身《こんしん》の力で一度彼方《かなた》に放り捨てたので、いま左肘の横に置いてある携帯には真新しい傷が刻まれていたりする。一尉がいればむろん投げる前に止めていただろうが、休み時間の間に自分たちの早退の手筈《てはず》を整えるため、少し前から不在なのだ。

どのみち今日は一尉と帰るのだから、ストーカーと顔を合わせることもないだろう。なら対策を練るのは明日からでも充分に違いない。

（ああ、そうに違いない）

短絡的な結論を脳内満場一致で可決すると、日夏は本格的な睡魔の呼び声に耳を傾けはじめた。

初夏の爽やかな風が、シャツからのぞく項を撫ぜていくのが心地いい。もうじき本格的な夏がはじまる気配がそこかしこに息衝《いきづ》いていた。目を瞑《つぶ》るとそれがさらに顕著《けんちょ》に感じられる。耳を澄ませば、梅雨明けを待ち侘《わ》びている真夏の声すら聞こえてきそうな気がした。

『ヒナツー、日夏…？』

ふいに遠くの方から、自分の名を呼ぶ声が聞こえてきた。

『ほーら見えるか日夏。あれが海だぞー。どうだ、大きいだろー？』

『あら、やっぱりちょっと怖いみたいね』

『ハッハー大丈夫だぞ、日夏。パパがついてれば何も怖いことなんてないんだからな！』

瞼の裏は梅雨空の灰色に染まったまま、妙にリアルな声と音だけが耳もとで再生される。打ち寄せては干き、ザザーン…と砕け散る波の音。どこか物悲しいカモメの声。

『日夏は……だから、きっと……になるのよ』

『そしたら俺は……になって、家族三人が幸せに暮らせるような……を買って』

『……が許してくれなくたって、幸せはこんなところに……んだって』

『いつか……に言えるといいよな』

風の音が一部を遮る不完全な会話が、なぜかそこだけ何度もリピートされる。

(え、俺が何だって…?)

どうにか言葉を聞き取ろうとするも、次第に大きくなっていく風の音が次々に声を上書きしていってしまう。終《しま》いには聞こえるのは風の音だけになってしまった。

波の音も、カモメの鳴き声ももう聞こえない。

優しそうな母親の声も、力強かった父親の声も――。

「日夏、ヒナツ…っ」

ふいに自分を呼ぶ声が間近から割り入ってきた。

揺り起こされて目を開ける。心配げにこちらを見守る一尉と目が合った。

「あ、れ……?」

「大丈夫? ひどくうなされてたよ」

気づけば周囲は無人になっていた。六限目がはじまったのだろう。

どうやら束の間、夢を見ていたようだ。寂々《じゃくじゃく》とした感慨だけが少し胸に残っている。だが覚醒とともにそれもすぐに押し流され、あとには妙にばつの悪い気持ちだけが残っていた。

「あー…なんか夢見てたみたい」

目尻に溜まっていた涙を指先で拭《ぬぐ》いながら身を起こす。いい年して夢で泣くなんて気恥ずかしい話だ。見られたのが一尉でまだよかったと思いながら、日夏はスンと小さく鼻を鳴らした。

「悲しい夢だったの？」

「よくわかんねー。ただ最近、夢見がよくない気はすんだよな…」

そう呟くと一尉の冷えた指先が、擦れて腫れた目元に添えられた。ひんやりとした感触に目を瞑ると、寝起きで火照った頬全体を両手で包まれる。いつもの一尉の体温だ。

「熱、だいぶ下がったみたいじゃん」

「おかげさまでね、計ったら平熱に戻ってたよ。これで二日は保つと思う」

二日しかもたないのか…と内心思いながら、日夏は一尉の手首に両手をかけた。

この手がかつてあの男に触れたのかと思うと、我ながら感心するほどハラワタが煮えくり返りそうになる。一尉の振る舞いやベッドでの手管《てくだ》を見ていれば、前にもそういう相手がいただろうことは想像に難《かた》くない。ヒート時はまだしも、それ以外で戯《たわむ》れに寝た相手の数などきっと憶えてもいないだろう。場数だけは踏んでいる、といつだか聞いた覚えがあるから。

「日夏…？」

この手に優しくされるのは、自分が最後であって欲しい――。

そんなこと思っても恥ずかしくて口には出せないから。日夏は黙ったまま立ち上がると、一尉の背に両腕を回した。シャツに浮き上がった鎖骨《さこつ》に唇を押しつけて目を瞑る。

（あ、同じ匂いする…）

サロンには洗い流さないタイプのトリートメントしかなくて、その匂いには少々不満があったのだが、一尉も同じ匂いをさせているのに気づいて急に好きになれる気がしてきた。

「腹いっぱいになった、サンキュー」

「え、そういう意味で抱きつかれてるの、俺？」

「あったりまえじゃん」

言いながらギュッと両腕に力を込める。稚拙《ちせつ》な照れ隠しなど一尉にはとっくに見通されていることだろう。それでも何も言わずに背を撫でてくれる手が嬉しくて、その心地よさにしばし甘える。

（よし、充電完了）

しばらくして離れると、間に挟まれていたシャツがじんわりと汗で湿っていた。

「暑い」

「そりゃあ、こんなところで抱き合ってたらね」

「だよな…」

七月中旬の蒸した屋外で抱き合うだなんてバカげた話だ。ぱっと見は無人に見える周囲も油断はならない。誰がどこから見ているとも知れないのに…。一尉に出会ってから、自分はどこかバカになってきていると思う。でもそんな自分が、最近ではわりに好きだったりする。

「日夏は外じゃ甘えてくれないから、いまの体験は貴重だな」

「心のメモリーに焼きつけとけよ」

「そうする」

鮮やかな笑顔で返されて、日夏も釣られたように破願した。

「あ、そういえば古閑から伝言で『対策案など一つもない』だってさ」

「にゃろう…」

吊り目の憎たらしい笑顔を思い出しても、いまなら笑って許せる気がする。むろん、明日になれば別の話だが。八重樫といい古閑といい、つくづく素晴らしい友人たちに恵まれたものだと思う。恐らく隼人に至っては、昼前の話などもう忘れているに違いない。

一尉が取ってきてくれた鞄を手にテラスを離れかけたところで、しかし――。

(マ、ジかよ……っ)

日夏の笑顔は一点して凍りついてしまった。

進行方向の植え込みの陰に座り込んでいる人影、白衣が汚れるのもかまわずしゃがみ込み、じっとこちらに視線を向けているその気配。この感じには覚えがあった。

日夏と目が合うや否や、男がパッと笑顔を浮かべて両手を振ってくる。

「何でこんなところに…」

思わずそう呟いてから日夏は慌てて一尉に目を向けた。

「一尉……?」

同じように前方の不審人物に目を留め、その場で立ち止まっていた歩みが急に再開される。その進路は明らかに植え込みの方を向いていた。一尉はストーカーについて知らないはずなのに…。

「ちょ、一尉…っ」

遅れること三歩。慌ててその背を追いかけながら、日夏は恐ろしい可能性に背筋を凍らせた。もしかしたらメガネか吊り目が一尉にリークしたのではないだろうか？　だとしたらこれは一大事だ。

（だいたい、何で人間が学院内にいるんだよ…っ）

魔族に対しても関係者以外には厳しいセキュリティチェックがあるはずなのに、ただの人間であるあの男がどうやって侵入をはたしたのか……考えれば考えるほどに得体が知れない。だが日夏の不安をよそに、何の迷いも躊躇いもなく不審人物の前までいくと、一尉はその場で軽く一礼した。

「お久しぶりです、惣輔さん」

「へっ？」

一尉の言葉を受けて、座り込んでいた男が白衣の裾を叩きながら立ち上がる。

短く刈り込んだ茶髪を片手で掻き回してから、男は白衣のポケットに両手を突っ込んだ。遠目に見た時もデカイなとは思ったが、近くで見るとひとしおだ。百九十に近いだろう長身を怠惰《たいだ》に前傾させながら、惣輔と呼ばれた男は日夏と目が合うとニッと改めて両頬を緩ませた。

見ればその襟元には、金髪と同じ「ＶＩＰ」の文字が留められていた。

「元気そうだな、おまえも」

言いながら男の手が親しげに一尉の肩を叩く。

（え……？）

予想外すぎる展開についていけない日夏を置いて、会話はさらにそこから先へと進んでいった。

「ルイを連れてきたのはあなたですね」

「お、もう会ったのか？　ここに入ってすぐ撒《ま》かれてよ、いま途方に暮れてたんだよ。やれやれ、ここにきたいって言い張るから、わざわざ連れてきてやったたっつーのに」

「彼なら風紀の執務室で接待を受けてるみたいですよ」

「何だよ、呑気に茶なんか呑んでるってわけ？　あのヤロウ、携帯にも出やがらねーし…。ったく、どういう教育受けてるんだっつーのな」

「確かお目付役兼、教育係が惣輔さんでしたよね？」

「おまえって余計なこといつまでも憶えてるクチだろ？　そーいうの嫌われんだぜー」

ちょっと待て…と口を挟む間もなく、目の前で進行していく和《なご》やかな会話に日夏はひたすら目を白黒させるしかなかった。はっきり言って何が起きているのか、わからないことだらけなのだが、確実に一つだけ言えることがある。

「おまえ、ストーカーと知り合いなのかよ…ッ」

日夏の驚嘆に満ちた声に、ようやく二人の会話が止んだ。

動転している日夏の様子に軽く瞠目してから、一尉がややして重い嘆息をつく。

「惣輔さん、日夏に何かしたんですか？　実の息子にストーカー呼ばわりされてますよ」

「ストーカーかぁ。うん、まさにそのとおりだな」

「俺の知らないところで動くのやめてくださいよ。いつからこっちにいたんです？」

「えーと着いたのは先週の水曜？　成田《なりた》からグロリアに直行しちゃったもんね、日夏見たさに」

また自分一人を置き去りにした会話がつらつらと進められる。

（ん……？）

だが、何やら不穏な単語を聞いた気がして日夏はみるみる体を強張らせた。

一尉がストーカーと知り合いだったことも、ストーカーにストーカー行為を明るく肯定《こうてい》されたことも、この際どうでもいい。問題はそこじゃなくて——。

「誰が誰の父親だって……？」

「俺がおまえの」

即座に白衣のストーカーが、自身と日夏とを順に指先で示してみせる。

（これって夢の続きなんじゃねーの…？）

目の前で起きていることを現実だと認めるよりも、そちらの方がよほどリアリティがあるのはどういうわけか。しかも夢は夢でも、これは底抜けな悪夢だ。——そうして混乱の極みに叩き落された日夏がすべての事態を呑み込んだのは、それから約二時間後のことだった。

4

都内某所《ぼう》、さるマンションの一室にて――。

日夏は思いきり頬を膨らましながら、抱えたクッションを両腕で押し潰していた。

(またもや蚊帳の外じゃねーか)

生き別れていた父親との「感動の再会」には、惣輔のポケットで鳴った携帯が終止符を打った。

『こんなところで立ち話も何だし、よかったらあとでここにこいよ』

そう言って渡されたのがこのマンションの住所だったのだ。

一度家に帰ってから、一尉とここまでタクシーできたのが十分ほど前だ。着替える余裕も取らずにそのまま折り返したので、一尉も自分も制服を着たままだ。対して惣輔は出迎えに現れた時点で半裸だった。シャワーを浴びるから五分待て、と言い置いたリミットはもうすぎている。

空調のおかげで肌に浮いていた汗はほとんど引いたが、そうすると濡れたシャツの不快感だけが残る。それもまた自分の機嫌の悪さに拍車《はくしゃ》をかけているような気がしてならなかった。

ここまでの道中、一尉から聞き出せたことだけでも日夏の頭はすでにショート気味になっていた。

金髪やキメラの話といい、今日は脳の理解力が限界まで試される日なのだろうか。

白衣のストーカーこと森咲惣輔は、正真正銘《しょうしんしょうめい》、日夏と血の繋がった父親なのだという。

「俺そんなの、ぜんっぜん聞いてない」

「そりゃあね。椎名本家が自分たちに不都合なことを、君に明かすわけないだろう？」

「じゃあ、ババアとかも皆これ知ってんのかよ？」

「あの家で知らないのは君くらいだろうね」

「……古閑や八重樫たちも、知っててずっと黙ってたのか？」

「いや――……古閑はわからないけど、椎名家に縁《ゆかり》がない者は知らないと思うよ」

惣輔の存在については本家側もずいぶん前から把握していたらしい。だが、ことは椎名家の醜聞《しゅうぶん》にかかわるため、緘口令《かんこうれい》が敷かれていたのだという。折を見て自分から話すから、と宗家である祖母に一尉自身も口止めをされていたのだと明かされた。

「でもあいつ人間だろ？　何で記憶残ってんだよ」

「その辺は本人から聞いた方がいいと思うよ。俺もあの人について詳しいわけじゃないから」

「つーか、おまえはどこであいつと知り合ったわけ？」

「ああ、アカデミーだよ」

「アカデミー？　何でそんなとこで人間と知り合うんだよ」

「それも直接、本人から詳細を聞いた方がいいよ」

けっきょく日夏が事前に仕入れられた情報としてはそれだけだった。これだけでも充分、開いた口が塞がらないくらいなのだが――謎は増える一方だった。

父親には二度と会えないと、祖母には何度も言われた覚えがある。たとえ会っても記憶がないから、息子のことなどわからないだろうと。だから自分には魔族として生きる道しかないのだと、毎日のように言い聞かされて育った。それが真実なんだと疑いもしていなかった。

父親に自分の記憶がないように、自分にも父親の記憶なんてほぼないに等しい。だから恋しいと思ったこともない。自分に生き写しだと言われた母親の面影《おもかげ》は鏡を見るたびに少しだけ頭をよぎったけれど、父親に関して深く考えたことなど一度もなかった。一生会うことすらないと思っていた。

なのに突然現れたうえに、あの言動だ。混乱するなと言う方が難しい。

「待たせて悪かったな。まあ寛《くつろ》いでくれよ」

そう言いながらリビングに顔を出した惣輔が、持っていた缶の紅茶を目の前のガラステーブルにトントンと二つ置く。どうやらこれがもてなしのお茶代わりということらしい。

黒いランニングにミリタリーパンツという出《い》で立《た》ちの上に、またもや白衣を着込んでいる。胡散《うさん》臭げな日夏の視線に気づいたのか、片襟を摘んでみせながら「着るもんがコレくらいしかなくてよ」と惣輔が鼻にシワを寄せて笑う。

自分とはどこも被ることのない、男らしく、人懐《ひとなつ》こい顔立ちだと思う。図体は大きいけれど、あまり頭はよくない大型犬のようなイメージだ。快活そうな雰囲気と、笑うと子供っぽくなる笑顔が印象に残る。周囲に好感を持たれやすいタイプだろう——頬に走った大きな傷痕さえなければ。

「にしても暑いな、日本は…。こんなだったたっけ？」

自身もスチール缶を手に向かいの簡素な灰色のソファーベッドに腰を下ろすと、惣輔はぐいっと大きくそれを呷《あお》った。その喉もとにも目に見える傷がいくつか残っていた。

こうして相対していても、つくづく得体の知れない男だと思う。

実の父親だといくら言葉で言われたところで、日夏にはそんな実感はない。感覚としてはあくまでも不審者の延長線上だ。同色の2シーターの座面に、並んで座る一尉のシャツの裾をつかむ。すぐに冷たい掌が優しく重ねられた。

「うっわ。目の前でそーいうの見ると、やっぱへこむわぁ…」

目聡《めざと》く見咎めた惣輔が、項垂《うなだ》れた犬のようにしゅんとした面持ちになる。それを胡乱な眼差しで見やりながら、日夏は「で?」と説明を促した。

「聞きたいことは山ほどあんだけどさ、あんたには何で記憶があるわけ?」

何よりもそこが解せないのだ。魔族の能力に対抗する術が人間にあるとは思えない。

魔族とかかわった人間に記憶操作がなされるのはよくあることだ。ましてや魔族と駆け落ちまでした人間を見逃すほど、椎名本家が甘い処置をするとは考えにくい。

「ああ、それは母さんの——深冬《みふゆ》の能力のおかげだな。ほら、あいつが記憶操作系のエキスパートだったのは知ってるだろ?」

な、と笑顔で同意を求められても、日夏には母親についての知識がほとんどない。誰に何を訊ねても、深冬に関することは誰も答えてくれなかったからだ。

無言で首を振る日夏に、惣輔が「あー…」と少しだけ声を籠らせる。

「——そっか。深冬はその種の能力の中でも、かなり優秀だったって聞いてるよ。だから椎名の婆《ばあ》さんもずいぶん期待をかけてたみたいだな。その自慢の娘と駆け落ちして消えた俺のことは、怨《うら》んでも怨みきれなかったろうよ」

手にした缶の飲み口をじっと見つめながら、惣輔が物憂げな口調で先を続ける。

「逃亡生活なんていつまでも続けられるもんじゃないからな、いつかは本家に捕まるかもしれない。その時のことを考えて、深冬は俺の記憶に『防御《プロテクト》』をかけてくれてたんだよ。たとえこの先何があっても、自分と日夏のことを忘れないようにって——そのロックは深冬の死で永遠になったんだ」

「ロック…?」

日夏の呟きに応えるように、一尉の手に少しだけ力が籠る。

「記憶操作系はかけた者の癖がつくから、かけた本人以外にはなかなか解けないものなんだよ」

一尉の注釈に、惣輔が「そのとおり」と軽く笑った。

「深冬がいなくなったいまとなってはもう誰にも解けないんだとよ。ずいぶんたくさんのやつが俺の記憶を消そうと頑張ってたけどな。俺から深冬と日夏の記憶を奪うことは、誰一人出来なかったわけだ。婆さんには交換条件を出されたよ。手切れ金を用意するから、それで何もかもを忘れてくれって。でも俺は断った。次は実力行使《こうし》だったたね」

これはその時の傷だ、と惣輔が頬の傷痕を指差して見せる。

「椎名本家としては不祥事《ふしょうじ》の原因たる俺を、出来れば抹殺《まっさつ》したいくらいだったろうな。だが今後一切この家にかかわらなければ、命の保証だけはするって言われたんだ」

「それであんたは逃げたのか？」

「まさか。日夏を迎えに何度も足を運んだよ。そのたびに傷が増えてったってわけ」

袖を捲った惣輔の両腕には、無数の傷痕がついていた。

よくよく見れば額にも、鼻筋にも、癒《い》えた傷口がいくつも張りついている。

「脱ぐともっとすごいんだぜ？　俺も武道の嗜《たしな》みはそれなりにあったんだけどな。あいつらの能力って反則だよなぁ、まったく太刀《たち》打ち出来ねーの」

「……よく死にませんでしたね」

呆れというよりも、感嘆に近い声音で一尉が呟く。

「まあな」

頭の悪そうなウィンクつきの笑顔を披露しながら、惣輔が立てた親指をグッと示す。それがなければ少しは感動していたかもしれないのだが、日夏は興醒めした気分で先を促した。

「それで、いつまでそのバカの一つ覚えを続けてたわけ？」

「ああ、三年は通ったぜ？　でもあいつらにやられた傷がもとで一度、重体になってね。これじゃ埒《らち》が明かねーし、いずれは天国いきだと思ってな。作戦を変更したんだよ」

「作戦？」

「ああ。人間一人に出来ることなんてたかが知れてる——あいつらはそう踏んだから俺を生かしたままにしてたわけだろ？　俺がどこで何を吹聴《ふいちょう》しようと、椎名家にとっては痛くも痒《かゆ》くもないってわけだ。だったら、その根底を崩してやろうと思ったんだよ」

国内でも屈指の名家と謳われる『椎名』に対抗出来るだけの、地位とコネクションを築き上げること。そんな無謀《むぼう》とも思えるプランに向けて、惣輔は死に物狂いで奔走したのだという。

「深冬と駆け落ちするまで、俺は大学で遺伝子研究に携《たずさ》わってたんだよ。バイオテクノロジーの分野ではそこそこ名の知れたとこでね。そこでの実績と成果を持って、まずはもっと名の知れた海外の研究所に移った。そこから少しずつステップアップしてね、まずまずの地位は手に入れられたよ。同時に魔族社会についてもかなり勉強したんだぜ？　これも深冬のおかげだな。あいつらって人間相手には口が軽いんだよな、あとでいくらでも記憶弄《いじ》れるって思ってるからさ。だけど知れば知るほど『椎名』の看板がどれだけデカイかを思い知るはめになるんだよなぁ」

「日本ではウィッチを代表するほどの家筋ですからね」

「らしいな」

一尉の言葉に相槌を打ちながら、惣輔が頬の傷を指先で撫でる。

「道程が途方もなさすぎてね、正直諦めそうになったことも何度かあったよ。でもそのたびに、おまえの愛らしい写真が俺を勇気づけてくれたんだ」

「は？　写真？」

「神戸時代のおまえの写真は、鴻上《こうかみ》くんだっけ？　彼が定期的に送ってくれてたんだよ」

「祐一《ゆういち》が…？」

「ああ。あの件が起きるまでは年に二度ほど送ってくれてたよ。写真の中で成長していくおまえを見るのが、俺の唯一の楽しみでな」

「……そんなの、ぜんぜん聞いてない」

古豪《ここう》の血筋『鴻上』家の一人息子にして、元許婚《いいなずけ》——それが日夏の幼馴染《おさなな じ》みでもある祐一だ。

日夏を悪《あ》し様《ざま》に罵《ののし》る家人たちに囲まれる日々に耐えられたのは、身近に彼の存在があったからだ。神戸では唯一、心を開いた存在でもある。彼とは日夏が初等科を卒業したその年に悲しい別れを告げることになったのだが、つい最近、思いがけない再会をはたしたばかりだった。

その彼すら父親の存在を知っていたという事実は、少なからずショックだった。誰よりも信頼を寄せていたのに、どうして自分に真実を打ち明けてくれなかったのだろうか？

「彼が黙っていたのは、日夏の気持ちを思いやったからだと思うよ」

日夏の褪《さ》めた顔色を読んだ一尉が、知らぬ間に固く握り締めていた拳《こぶし》を上からそっと撫でる。手汗で冷えた掌をゆっくりと解かれて、その隙間に指先を絡められた。

（あったかい…）

いつもはあれほど冷たく感じる一尉の指よりも、いまは自分の手の方が冷えきっていた。

「本当のことを言ったところで変わる事態が何もないのを、彼は誰よりも知っていたと思うよ。どうしたって会えない父親の存在を知ったところで、君の心は曇りはしても晴れはしない」

「でも…」

「たとえば君が真実を知れば、本家の檻《おり》はもっと強固になっていたかもしれない。現状を上回る束縛が君を襲ったかもしれない。黙秘《もくひ》は彼の優しさの表れだと思うよ。君に言えない代わりに、彼は椎名の目を掻い潜って惣輔さんにエールを送っていたんだね。それは俺も知らなかった」

「俺もよくわかってなかったんだけどな、裏でずいぶん鴻上家が骨を折ってくれてたみたいだぜ？　次期当主の命だから、って世界のどこにいても手紙が届くんだからな。彼のおかげで俺は心を折らずに済んだんだよ。——そういや彼もアカデミーにきたんだな。手紙のやり取りは何度もあったけど、会うのは初めてだったから感慨深かったぜー」

俺も息子にするならああいうタイプがよかったなーと、惣輔がささやかなあて擦りを一尉に向けて放つ。それは残念でしたね、と一尉はあっさりとした手際でそれを受け流した。

（何げに仲いいんじゃねーの、こいつら…？）

惣輔に対する一尉の言動には、どこか気安さを感じる。対外的には完璧な「外面」を使い分ける一尉にしてはめずらしい態度だと言えた。そんな関係性をアカデミーで結ぶに至った経緯に突っ込むと、惣輔は「それなんだよ」と急に身を乗り出してきた。

「神様は俺を見捨てなかったってことだ。まあ日頃の行いも抜群にいいからな。だいたい俺…」

「さっさと本題に入ってくんない？」

日夏の冷えきった眼差しに、惣輔がオホンとわざとらしい咳払《せきばら》いを挟む。

「あー、あれはちょうど三年前の話だな。ザルツブルクである学会が開かれてな、俺はその日、自分の発表を無事に終えた安堵から街で一杯、いや八杯くらい？　引っかけてたんだよ。で、その帰り道に路地で囲まれてる青少年を見かけてね。五、六人相手に毒突《どくづ》いていまにも取っ組み合いになりそうな雰囲気だったからとりあえず割って入ってみたわけだ。まあ落ち着け、とな。囲んでるやつらを宥めようと思ってたんだけど、気づいたら問答無用で拳が唸《うな》っててよ。いやあ、あの時は俺もしたたか酔ってたんだなぁ」

「……誰があんたの武勇伝《ぶゆうでん》なんか聞きたいって言ったよ」

「まーま、話はこっからなんだって。つっても、大立ち回りをやらかしたあとのことはあんまりよく憶えてねーんだけどな？　目が覚めたらホテルのベッドにそいつが寝てて、俺がソファーで寝てるわけだ。床には空いた酒瓶《さかびん》が何本も転がってて、どうやら夜が明けるまでまた呑んでたらしいんだよな。で、その青少年に聞くとだ、俺は泣きながら身の上話をしたっていうんだよ」

「……誰があんたの情けない過去を披露しろって言ったよ」

「だーから、ここからがキモなんだって！」

なぜか得意げな調子で、さらに身を乗り出した惣輔の言葉を遮るように。

「なるほど、それがルイとの出会いだったんですね」

一尉がさらりと結論を述べた。

「ザルツブルクで迷子になった件は彼の口からも聞いてます。あなたに恩がある、と言っていたのはそのことなのかな。それで、その恩返しにアカデミーの研究所に渡りをつけてもらった？」

「――おまえは話の腰を折るのが昔から好きだよな…」

「それはどうも。でもいまの話で俺もだいぶ合点がいきましたよ。アカデミーになぜ人間がいるのか、ずっと不思議だったんですよね。そうですか、そんな経緯《いきさつ》があったんですか」

「おいおい、いちおう俺が人間だってのは極秘事項なんだぜ？　知ってるやつのが圧倒的に少ないんだから、おまえもよそで口滑らすなよ」

「俺に口止めするより、自分の口の軽さをどうにかする方が先決だと思いますけどね」

（……いいかげんにしろよ、おまえら）

この二人は日夏を置いて話を進めるのがよほど好きらしい。

重ねられていた手を振り解くと、日夏は一尉の袖口を思い切り下に引き下げた。

「話が見えない。五秒で補足しろ」

「要するに惣輔さんが拾った少年がキメラだったんだよ。日夏が今日会った彼がそう。彼の口添えで惣輔さんはアカデミーに入ったってことだね」

「あっそ、なら最初から簡潔にそう言えよ」

日夏の冷たい視線を一身に浴びせられて、惣輔が尾を丸めた犬のようにまた項垂れる。

「俺はもっとこう、ドラマチックにスペクタクルにその辺の事情を説明したかったんだけどな…」

「いらねー装飾すんじゃねーよ」

「ちぇー」

「ちぇーとか言うなっ」

いい年こいた大人が唇を尖《とが》らせている図など積極的に見たい光景ではない。

こんなのと本当に血が繋がっているとしたら、それはこのうえない不幸というやつではないだろうか？　思わず本気でそう考え込みたくなってくる。だが改めて何度眺めようとも、この男が自分の父親だという感覚はまるで湧いてこない。それはいっそ不思議なほどに――。

「まあ、その出会いのおかげで俺は願ってもない後ろ盾を得られたんだよ。さすがの椎名も、アカデミー所属の研究員をむげに扱うことは出来ないからな。俺はすぐに日夏との面会を要求した。だがあいつらときたら、日夏が十六をすぎるまで待てとか言いやがるんだよな。それでも交渉の余地があっただけたいした進歩だ。そう思って俺はじっと待った」

「そのまま一生、待機してればよかったのに…」

日夏の苦言などまるで耳に入らないらしい惣輔の独壇場《どくだんじょう》はまだまだ続く。

「出来れば日本に直接交渉にいきたかったんだけどな、俺もアカデミーに入ったことで行動範囲をだいぶ制限されちまってよ。研究もそれなりに忙しくなっちまったし、手もとにあるおまえの写真を毎日こっそり眺めて耐えてたんだぜ？　ところがその写真をこいつにうっかり見られちまってよ。それで事情を話すはめになったってわけだ」

「うっかりも何もロッカーから机から、日夏の写真だらけだったじゃないですか。隠す気があったとは思えませんね。そのうえ俺が誰の写真か訊ねたら、あなたは自ら『聞いてくれよ』と独演会をはじめたんですよ？　おかげであの日は午後の自由時間が潰れました」

「だって誰かに聞いてもらいたかったんだもん」

「その後も何かというと話につき合わされて……ずいぶん迷惑しましたよ」

おかげで一尉は出会う前から、日夏についてはよく知っていたのだと小さく笑った。惣輔があまりに親バカたっぷりに話す息子がどんなものなのか、最初はその程度の興味しかなかったのだという。

だがその興味がきっかけで、動きはじめた歯車があったというわけだ。

「そう考えると、俺と日夏を結びつけたのは惣輔さんとも言えますね」

「……おまえなんかに話さなきゃよかったって、いまは心の底から思ってるよ。日夏の婚約話が飛び込んできた時、俺がどんだけ泡食ったと思ってやがる？」

すぐにも日本に向かおうと思ったのに、アカデミーでの外出手続きに時間がかかり、七月に入らなければ帰国することが出来なかったのだと涙すら流しそうな口調で切々と訴えられても。

（そんなの知るかよ…）

という気持ちしか湧いてこないのは、恐らく自分のせいではないはずだ。

息子がすっかり鼻白《はなじろ》んでいるのにもかかわらず、惣輔はぐっと拳を握り締めると今度は椎名家の対応について愚痴を零しはじめた。

「しかも帰国前から何度連絡しようとも、椎名家は『パーティー前のおまえには会わせられない』の一点張りなんだよな。ったく、花嫁の父親なんて普通はメインに次ぐ主賓扱いじゃねえか。そんなバカな話があるかっつーの」

憤懣《ふんまん》やるかたないといった表情でなおも続ける惣輔を尻目に、一尉が小声の囁きを寄せる。

「この人、けっこうどころか、けっこうイラっとするでしょう？」

「けっこうどころか、すっげーイラっとすんですけど…」

もはや血が繋がっているとは思いたくないレベルだ。しかも日夏に会う段取りを組んでもらえないから、と帰国したその日からストーカー行為に精を出していたのだという。

（どんな肉親だ…）

呆れて声もないくらいだ。

「何だよ、せめて陰から見守りたかったんだよ。それも一尉に会うと面倒だから、おまえ一人の時を狙いに狙ってだな…」

「この不審者、ストーカー」

軽蔑《けいべつ》を込めて吐き捨てた日夏に、惣輔がふるふると両肩を震わせはじめる。

「その冷たい物言い、母さんそっくりだなぁ…」

白衣の袖で目もとを擦りながら感慨深げに呟かれて、日夏はもうそろそろ本格的に帰りたい気分になってきていた。確かに父親が生きて健在だったという事実には驚いたし、だいたいの事情も呑み込めた。父親には父親の人生があって、いまここに至っているというわけだ。しかし。

(だからどうしたよ？)

という気持ちがどうしても拭えない。いま聞かされた話も、他人事という感覚が抜けないのだ。

血を分けた肉親といえども、ともに暮らし、ともに何かを培《つちか》わない限り「家族」にはなれないのかもしれない。妙に冷静になった頭の隅でそんなことを思う。そういう意味で惣輔は「父親」であっても「家族」ではないのだ。

(モヤモヤの正体はそれかな…)

実の父親だと聞かされた瞬間から、ずっと胸につき纏っていた違和感。やがてその違和感がゆっくりと形を失い、失望感に変わっていくのを日夏は無言のまま噛み締めた。

ともにいた頃の記憶を奪われていたとしても、血が繋がっていれば何か通じるものがあるんじゃないか、そんな期待が頭のどこかにはあったのだろう。だが、たとえこの鬱陶しいキャラを度外視したとしても、日夏にとって「父親」は近しい存在ではないのだ。こんなふうに一方的に思われても、それは変わらない事実として胸にある。それを認識してしまったのが少しだけ悲しかった。

「話はそれだけ？」

自分に会うのが目的だったというのなら、これで念願ははたせたはずだ。だったらこれ以上ここにいる意味もない。席を立とうとした日夏を引き止めたのは、意外にも一尉の手だった。

「——まだ本題はこれから、ですよね？」

先ほどまでよりも硬くなった声で、一尉が念を押すようにじっと惣輔を見つめる。

(これから?)

また先の読めなくなった話に次のリアクションを見失ったところで、惣輔が「まあな」と白衣のポケットに両手を突っ込んだ。前に乗り出していた姿勢から一点、今度は深くソファーに腰かける。頑健そうな背中を背もたれに投げ出し脚を組むと、いままでのチャランポランな雰囲気が少しだけ消えて、その分、不可思議な迫力が増した。

「こっちもそれなりに調べてきたんだよ、椎名の言い分なんてアテになんねーからな。聞いたところによると、魔族は未成年の婚約には親の承諾《しょうだく》が必要なんだってな。俺もこれでも日夏の父親なんでね、人間といえどいまは後ろ盾もある。俺が反対すればこの話は難航するってわけだ」

「……あんたは反対なのか?」

自分の欲望をはたすためならどこまでも奔放《ほんぽう》に振る舞うくせに、伝統やしきたりには雁字搦《がんじがら》めに縛られるのが魔族社会ではあたりまえとされている。婚約に関するしきたりについてもこの世界では重んじられるらしく、未成年の場合は双方の二親の許可がない限りは「婚約」を結ぶことは出来ないのだと話だけはよく聞かされていた。両親が健在な一尉と違い、日夏の場合は後見人《こうけんにん》である祖母がいままではその該当とされていたのだが——この段階で惣輔という存在が浮き上がってきたということは、場合によってはややこしいことになり得るわけだ。

惣輔に提示された条件をみれば、椎名家側もそれを危惧しているのがわかる。惣輔が表立って出てくる前に、婚約を成立させてしまう気なのだろう。現時点ではまだ祖母が日夏の後見人なのだ、婚約の条件には足る。その後に惣輔の存在が発覚したとしても不備にはならない、というわけだ。

「賛成なわけがないだろう」

当然のような口調で言いきった惣輔が、真っ黒い虹彩《こうさい》に瞼のシャッターを半分下ろす。ただそれだけなのに、妙な凄味《すごみ》がまた少しだけ増した。

「俺はおまえを迎えにきたんだよ、日夏。婆さんに何を吹き込まれたのか知らないが、おまえは半分は人間なんだ。魔族のしきたりなんかに従う義務はないんだよ」

「どういう意味だよ」

「半陰陽だからって男と結婚する必要はないってことだよ。俺と一緒に人間の生活に戻ろう」

「え……？」

予想もしていなかった言葉に、思わず目を丸くする。

（人間の生活…？）

それは一度も考えたことのない可能性だった。

しきたりや伝統に従属させられる人生など真っ平ごめんだと抗い続ける一方で、そこから逃れて暮らせる世界などどこにもないことも頭ではよくわかっていた。魔族の血が入っている以上、こんな体質を、あんな能力を生まれ持っている限りは「人間」の生活など望めないのだと、そう端から諦めていた。魔族のしがらみや束縛と無縁になれたら、どんなにか楽だろう？　それは日夏にとって夢物語でしかなかった。叶うはずのない、浅き夢に等しい。

（いまさらそんなこと言われてもな…）

そこに希望を見出《みいだ》せるほど、この世界が短いわけではない。引き取られてすぐ、物心ついた当時ならともかく、すでに十年この世界に頭まで浸《つ》かっているのだ。それに――。

「悪いけどそういう問題じゃねーんだよ」

自分が半陰陽だから、そういう掟やしきたりがあるからと、相手を選んだわけではない。

「俺が一尉を選んだんだよ」

一尉でいいと妥協した覚えだってない。一尉だから、一尉でなければ。

隣にいる一尉の手に自信の掌を重ねる。握り返してくる手を感じながら日夏は目の奥に力を込めた。

「――こいつじゃなきゃイヤなんだ」

いまや気圧《けお》されるほどのオーラを纏った惣輔を、真正面から見据えたまま決意を告げる。

誰に反対されようとも、気持ちが変わることはない。その揺るがない意志をぶつけるように、日夏は惣輔の視線に真っ向から対峙《たいじ》してみせた。

人間の立場で魔族を敵に回し、ずっと立ち回ってきた経験は伊達《だて》じゃないのだろう。一瞬でも気を抜くと呑み込まれそうな雰囲気が、惣輔の周囲に滞留している。

だが譲れないものはどうしたって譲れない。

「なら、その覚悟を見せてもらおうか」

やしてから惣輔が、ポケットから出した両手を膝の上で組み合わせた。

「覚悟？」

「パーティーまでちょうど二週間あるな。その間、一度も一尉に触れずにすごせたらおまえの気持ちを認めてやるよ。出来るか？」

「出来る」

考える前に即答していた。いや、むしろそれくらいで認められるなら容易《たやす》いくらいだ。

「ほう、自信ありげだな」

「当然だろ」

「ならそれを条件にしようか。ああ、不正が出来ないよう、日夏にはこれを嵌《は》めてもらうぞ」

言いながら惣輔がくるりと右手を返す。

そこには銀色のブレスが一つ載せられていた。その形状に目を留めるなり。

「待ってください――」

そこまで黙って父子の会話を聞いていた一尉が、急に硬い声で制止をかけた。ブレスに留めていた視線を、一尉が剣呑な気配で惣輔に投げかける。

「違う条件にしてもらえませんか」

（どういう、ことだ……？）

只事《ただごと》ではなさそうな雰囲気に、日夏は眉を顰《ひそ》めたまま事態を見守った。

「もしくは俺でよければブレスを嵌めてすごしますよ、二週間。それじゃダメですか？」

「それは呑めないな。俺は日夏の気持ちのほどを知りたいんだ」

「だったら違う条件にしてください」

「おいおい、決めるのは日夏だろ？　俺が交渉してるのもおまえじゃなくて日夏だしな」

「いったい何の話だよ…？」

まるで見えてこない意図に戸惑《とまど》いながら、二人のやり取りを遮る。そのブレスが出た途端に、一尉のオーラは研ぎ澄まされた針のような気配に変わった。隣に座っているのが痛いほどだ。

「何だよ、その腕輪が問題なのか…？」

日夏のかすれた問いかけに答えたのは——一尉でも惣輔でもない声だった。

「それは魔具の一つだ。名を『試練《Trial》』という。そのブレスを嵌めた者は愛する者に触れられなくなるんだよ。もしも禁を破れば、触れた途端にブレスに仕込まれた針が手首を傷つける」

「お、まえ…」

数時間ぶりの再会だった。いつのまに入ってきたのか、端整な顔立ちを彩るプラチナブロンドを指先で掻き上げながら、昼間と同じ格好に身を包んだ青年がリビングの扉口に立っていた。

「試練の期間は自由に設定可能だ、数時間単位から一生涯まで」

「な…」

「その期間内は何をしても外せないようになっている。ああ、鍵をかけた者だけは例外で、いつでも外せるらしいけどな。中世の頃に作られた一種の呪具《じゅぐ》だ。昔は意に染まぬ婚約に抵抗する者に嵌めたらしいと聞いているぞ」

無表情にそれだけ告げると、青年はつかつかとリビングの端を横断しはじめた。

「おー、遅い帰りだな。どこで道草食ってた？」

「どこで何をしようと僕の勝手だ。そっちこそ、いつから詮索屋になった？」

「そりゃいちおう、お目付け役だからな」

軽い調子の惣輔の言葉に、青年がさも不愉快そうに顔を顰める。中性的な面立ちを不快げな表情で覆うと、青年はリビングの奥から右手へと続いている一室に消えていった。

「あれが同行者のルイだよ。えーと、フルネームは何だったかな…」

青年の消えた扉を指差しながら、ふいに言葉に詰まった惣輔に向こう側から叱責《しっせき》の声が飛ぶ。

「ルイ・ドラクロワだっ」

「――だそうだ。昼間にも一回会ってるんだろ？」

（会ったっつーか、見られたっつーか…）

複雑な表情で押し黙った日夏には気にも留めず、惣輔は「お、もう夕飯の時間だなぁ」と自分の腕時計に目を落とした。

「あいつ、大食漢のくせに超偏食児なんだよな…」

「ルイと二人で住んでるんですね。――そもそも、なぜルイを？」

「さあな、俺についてくるって聞かなかったんだよ。気晴らしでもしたかったんじゃないか？　保護なんて名ばかりで、キメラの生活なんて籠《かご》の鳥だからな。まあ、いまじゃ俺があいつの専属監視者みたいなもんだし、生態についても一番把握してるだろうってことで特別に許可が出たんだよ」

「ああ、彼の遺伝子研究はそういえばあなたの担当でしたね。それにしても、こんな短期貸しのマンションを常宿にするなんて…」

「あいつがホテル暮らしはイヤだとか言いやがるから仕方なくだよ。でもこっちのが人目にもつきにくいし、いいかとも思ったんだけどな。どうも隣人に怪しまれてるっぽいんだよなぁ」

「……無理もないでしょうね」

ピンでもそれぞれが目立つというのに、白衣の大男とあんな彫像のような外国人が頻繁《ひんぱん》に出入りしていたら、それこそ目を引いて仕方ないだろう。

「セキュリティについてはどうなんです？　野放しのキメラなんて格好の餌《えさ》ですよ」

「その辺はザルツブルクで懲《こ》りたらしいな。外では完全に気配を絶ってるらしいぞ。ま、俺にその違いはわからないけどな」

（ああ、そういうことか…）

サロンの時といい、先ほどといい、その気配の欠片《かけら》すら感じ取ることの出来なかったことにようやく正解を得る。相手がどんなに気配を殺そうとも、容易く感知出来るのが自分の特技だ。しかしその感覚をもってしても、閉じたルイの気配は完璧な無《む》に等しかった。

「お忍びのキメラの情報なんてすぐに流れますよ。それにそのブレス――唆《そそのか》したのはルイですね。人間なら鍵さえ持っていれば、宝物庫のゲートチェックには引っかからない。あんな物まで持ち出してくるなんて、何を考えてるんですか？」

「言ったろう？　俺が見たいのは日夏の覚悟だって」

横道から戻った本題に、惣輔がニヤリと唇を歪めた。そんなふうに笑うとまるで悪役だ。

（なら悪役に徹させてやるよ）

「俺がブレスを嵌めて二週間すごせばいいんだろう？」

惣輔の手の中にあるブレスを指差し、そのまま立ち上がろうとした日夏の腕を一尉が思いがけないほどの力でつかみ引き戻そうとする。

「待って、早まらないで日夏」

「でもこれ以外の条件じゃ呑まねーんだろ、このオッサン？」

「……オッサン」

息子にそう呼ばれたのが存外に堪《こた》えたのか、惣輔が途端にしょぼくれた眼差しで窓を見やる。

四十一はまだ男盛りなのにな…というわざとらしいぼやきを頭から無視すると、日夏は再度、ダメ押しするようにそこを強調した。

「だいたいこのオッサン、言い出したら聞かないタイプに見えるぜ？」

惣輔のもつ頑固で意固地《いこじ》そうな空気は、自分に似ていなくもない気がする。血の繋がりをどこかに見出すとしたら、それが一番似通った部分に思えた。

「さすがだな、日夏」

ほんの数秒前までの惚けた眼差しが嘘のように、惣輔が笑いながら瞳に揺るぎない眼力を宿す。それでこそ悪役という迫力がみるみる漲《みなぎ》っていくのを、日夏は眇めた眼差しで睨み据えた。

「俺はこいつを見返したい」

「でも、日夏を傷つけるようなやり方は了承《りょうしょう》出来ない」

一尉の言い分もわかる。自分を守ろうとする、切実な心情も目に痛いほどだ。だがこれは売られたケンカと変わらない。買うしか道は残されていないのだ。

「ほほう、傷つけないのがおまえの愛ってか？　それもどうかと思うけどな、一尉」

明らかな揶揄を含んだ惣輔の口調に、一尉が硬い声で応じる。

「あなたは黙っていてください。これは日夏だけじゃなく、俺の問題でもありますよ」

「あっそ。でも悪いが、俺はおまえの覚悟には興味がない。知りたいのは一つだけなんでね」

一尉の冷めた視線を真っ向から浴びながら、惣輔は余裕たっぷりな表情で手遊びにポーンと宙にブレスを放った。それをぱしっと左手で受け止めてから、今度は不敵さに満ちた眼差しで日夏を射る。

「一尉のために傷つく覚悟がおまえにはないのか？」

「あるに決まってんだろっ」

ここで引くわけにはいかなかった。侮《あなど》りを孕んだ声音を諾《だく》と許せるほど、安っぽいプライドは持ち合わせていない。条件を変えたとしても、それは逃げと同義だ。そんなことになればこの男はきっと嗤《わら》うだろう。その程度の覚悟なんだな、と——。

(冗談じゃない……!)

自分がどれだけの本気を秘めているか、知らしめたい衝動が総身を突き動かしていた。

「貸せよ、嵌めるから」

「——日夏、もう少し冷静に考えて」

「いい。決めたんだ。俺がどれだけおまえを思ってるか、わからせてやる」

「日夏っ」

心を決めてしまえば、一尉の制止も空しく耳を素通りしていくだけだ。一尉の手を振り解《ほど》いてテーブルを回ると、日夏は惣輔に歩み寄った。上向けた掌を目前に差し出す。

「さっさと寄こせよ」

「おうよ、いま設定するからちょっと待てって。えーと、二週間だから……二十四時間かける十四日だな。あ、それからもう一つ、条件足してもいいか?」

この期《ご》に及《およ》んでまだそんなことを言う惣輔に、日夏は無言で軽蔑の眼差しを送った。それすら至極嬉しげに眺めながら、惣輔が手の中のブレスをチャラチャラと弄《もてあそ》ぶ。

楕円を縦《たて》に半分に割るような形で開閉するブレスの内側には、小さな数字のダイヤルが何桁《けた》も並んでいるのが見えた。無骨な指で器用にそれを操作しながら、惣輔が「あのなー」と声を低める。

「パーティーまでの二週間、ここで俺と一緒に暮らすこと。――ハハッ、どっちかっていうとこっちがメインの条件だったりすんだけどな。あんなとこで抱き合ってるおまえらを見なきゃ、俺もブレスのことなんて忘れてたかもしんねーなぁ」

「――……っ」

憤りと羞恥で目元に火が点った気がした。テラスでの触れ合いを目撃されていたことよりも、それをここで引き合いとして出してくる惣輔の卑《いや》しい魂胆に腹が立つ。

「――日夏」

「さっさと嵌めろって！」

一尉の言葉を遮るように叫ぶと、日夏はきつく目を瞑った。

冷たい感触が手首に触れる。その数秒後、カチッと鍵の嵌まる音が聞こえた。

「これで契約成立だな」

喜色に変わった惣輔の表情から冷たく視線を逸らすと、日夏は軽く手首を振ってみた。

幅三センチほどの銀色のブレスは、思いのほか軽く、あまりつけている心地がしない。使用者によって口径が伸縮するのか、ブレスと素肌の隙間はほぼないに等しかった。細かな紋様《もんよう》が細部にまで施された装飾を見ると、シンプルながらもひどく手が込んでいることが知れる。細工に合わせて嵌め込まれた小さな石は、ムーンストーンだろうか。白く淡い輝きを放っている。

「日夏」

背後からかけられた声に返せる言葉が思いつかず、日夏はきゅっと唇に歯を立てた。

振り返ることも出来ずに、じっと手首のブレスに視線を留める。

「頭に血が上ると周りが見えなくなるの——悪い癖だよ。君一人の問題だと思った？　俺の気持ちが置き去りにされてるのわかってないよね。これが本当に、ためになることだと思った？」

「……おまえだって俺に断りなく、いつも勝手に決めてくるじゃねーか」

「それとこれとは違うよ。わかるでしょう？」

「そんなの……」

勝手な理屈に思えた。一尉がいままでしてきたことと、どう違うというのか。

その差が日夏にはわからなかった。二人のためを思っての決断だし、他に取るべき道なんてなかったはずだ。たとえ熟考《じゅっこう》を重ねたところで、自分の選択は変わらなかったろうと断言出来る。

（おまえへの思いを侮られたんだぞ…っ）

耐え難い侮辱《ぶじょく》には立ち向かうしかない。軽んじられた思いは身をもって証明するのが、この場合唯一の道筋だろう。なのに、どうして責められなければならないというのか。

「そんなの、ぜんぜんわかんねーよ…ッ」

気づいたらそう叫んでいた。自分の声の大きさに驚いて肩が揺れる。

「日夏……」

ぎこちない動きで振り向くと、沈んだ藍色の眼差しとぶつかった。その色合いがあまりに悲嘆に満ちていて、思わず目を逸らしてしまう。吐息交じりの声で、日夏は小さく「帰れよ…」と呟いた。

「月末まで俺、ここで暮らすから。学校にもちゃんといくし、身の回りの物は明日そっちまで取りにいくよ。だから今日はもう――」

帰ってくれ…と、最後は唇のわななきだけになった。

「わかった」

立ち上がった一尉が大人しく玄関に向かうのを、泣き出しそうな心地でじっと見つめる。扉口で一度だけ振り返ると、一尉は惣輔に向けてその場で深く頭を下げた。

「くれぐれも日夏をよろしくお願いします」

「おー、任せとけー」

「日夏。それじゃ、また明日ね」

「……ん」

力なく手を振って、一尉の淡い笑みを見送る。

（何でこんなことになってんだよ…）

気づけば大きな渦の中に、片足を踏み入れたような状況になっていた。一尉が帰ったことで少しずつ冷えてきた頭が、現状を正しく捉えようとする。

頭に血が上っていたのは確かだ。思えば惣輔の言動も、日夏の気性を煽るために計算されていたものだったのかもしれない。それに嵌まっただけなのだという端的《たんてき》な事実がいま目の前で光っている。

ぼんやりとした灯火を感じさせるムーンストーンの曇った輝きが、まるでこの先の雲行きを暗示しているようだった。それでも――。

(後悔はしてない)

思い知らせたいのだ、この男に。自分の「覚悟」をイヤというほど。

そのために必要だというのなら、多少の犠牲もやむを得まい。もとより、これくらいで壊れるほどやわな絆《きずな》だとは思っていない。互いを信じられるだけの強さがいまは胸にある、はずだから。

「ケンカとはねぇ。俺としちゃ嬉しい限りだけど」

「うっせーよッ!」

相変わらず喜色に満ちた惣輔に罵声を飛ばすと、日夏は腹立ち紛れにボスっとソファーの端を蹴り飛ばした。その様子に惣輔が「おお、DVだー」と見当違いな感嘆を漏らす。

(二週間なんてあっという間だ…!)

胸のうちでそう言い聞かせながら、モヤモヤとした気持ちを振り払うために。

「とりあえず腹減った!」

日夏は近所迷惑なほどのボリュームでそう叫んだ。

5

この面子《メンツ》で連れ立つのは目立つから、と夕飯はけっきょくデリバリーになった。

（そうか、大食いの血はあそこからきてたのか…）

オーダーを決める段階になって、図らずも日夏は自分と惣輔の最大の類似点を見つけるに至ったのだが、その発見はどちらかと言えば憂鬱をもたらすものだった。かくしてゆうに十人前はあろうかという空き皿がシンクに山積みされた末、ジャンケンに負けた自分がそれを全部洗うはめになったのだ。これを憂鬱と言わずして何と言おう。

ようやくすべての皿をピカピカにしてキッチンを出ると、リビングのソファーで惣輔がビールを手にナイターを見ているところだった。こうして見ると、世間一般の親父には見える。だがやはり自分の父親だという実感はゼロだ。争えない血筋を目《ま》のあたりにしても、それは変わらない。

ルイの姿が見あたらないところをみるとシャワーでも浴びているのだろうか。

事の次第は壁一枚越しに把握していたのだろう。ルイはこの家に残った日夏を見ても何も言わなかった。というより、頭から無視されたというのが正解だろう。

「お、洗い物終わったか。よーし、じゃパパの胸に飛び込んでおいで。さあ、おいで！」

濡れた手で宙を扇《あお》いでいた日夏を見るなり、惣輔が満面笑顔で両腕を開く。

幼稚な中年ほど痛いものも、世の中にないだろう。

ことあるごとにスキンシップを求めてくる惣輔に、日夏も最初は回し蹴りなど実力行使で反抗していたのだが、どうもそれは逆効果らしいことに途中で気づき、いまでは端からシカトしている。

(やれやれ、俺もさっとシャワー浴びて寝ちまおっと…)

パジャマ代わりに何か寄こせと言ったら白衣が出てきたので、あれ以来、惣輔には何も期待しないことに決めた。本人の言い分ではいちおう、きちんとした着替えをキャリーケースにしまってきたらしいのだが、マンションに着いて開けてみたらそのほとんどが、誰の悪戯《いたずら》によるものか白衣にすり替えられていたのだという。

ルイも思春期だからなぁ…という一言だけで、たいして気にも留めていないところを見るともとから服装にこだわりのない性質なのだろう。白衣で街中をウロつくことに抵抗がない時点で、親子としてというよりも人として相容れないものを感じる。

ルイに言ったところで服を貸してくれるとも思えないので、今夜一晩はパンツ一枚で凌ぐとして、明日早々に荷物を取りにいく算段を脳内で練りながら入れ違いにシャワーを済ませる。これからの共同生活において、最初のかつ重大な問題が勃発《ぼっぱつ》したのはその直後のことだった。

「何で2LDKなんだよ…」

不機嫌丸出しの日夏と同じくらいに、端整な顔立ちを限界近くまで歪めたルイがダブルベッドの向こう側でじっとこちらを睨み据えている。

風呂場の鏡で昼間つけられたキスマークに気づき、仕方がないので制服のシャツを羽織って誤魔化《ごまか》している日夏と違い、ルイは一目でシルクと知れるパジャマに袖を通していた。

「どうせだったらもっと、部屋数の多いとこ借りとけよ！」

「文句は惣輔に言え。僕に言うな」

「つーか、おまえがあいつとあっちで寝りゃいーんじゃねーの？」

「バカを言え。どうして僕があんなムサイ中年男と同衾《どうきん》せねばならんのだ。だいたいそっちこそ血の繋がった親子なんだろう？　水入らずで二の字を作ってくればいいだろう」

「あんな得体の知れないオッサンと寝れるかよ」

まず見た目がキモイ、ウザイ、目障りなんだよあのデカブツ、などと双方にさんざんな言われようをしている惣輔はといえば、扉口に背もたれながら寂しげな表情でこの事態を見守っていた。

「俺はどっちと同室でもかまわないんだぞー？」

冗談じゃない！　と異口同音に叫んだところで、ひとまず舌戦《ぜっせん》は終了――。

けっきょく、どちらも惣輔との同室を強固に拒んだので、日夏は済《な》し崩《くず》し的にルイと同じ部屋で寝ることになった。惣輔がソファーで寝て、日夏とルイがそれぞれ一室を使うという案も出るには出たのだが、金を払っているのは俺だ、という一言でそれはあえなく却下《きゃっか》されてしまった。

「そもそも、あとからきたおまえがソファーを使えばいいだろうに…」

部屋に二人きりになるなり聞こえよがしに唱《とな》えられた不平には聞こえないふりで、日夏はさっさとシーツの中に滑り込んだ。たった一日で目まぐるしいほどの出来事に遭遇したので、今日は心身ともに疲れきっている。こんな日にソファーで眠らされたら確実に悪夢を見るだろう。

(ま、これ以上の悪夢なんてなさそうだけど)

一言の断りもなく落とされた照明が、一瞬で部屋を真っ暗にする。

あまりに暗いと逆に寝つけない体質なのだが、薄いカーテン越しに月明かりを感じて、日夏はいまさらながら窓際を取った自分に「グッジョブ、俺」と小声で囁いた。

それを聞き咎めたのか、ルイが「何か言ったか?」と不機嫌げな声で聞き返してくる。

「べっつに?」

「夜は静かにすごすものと、昔からそう決まっている。黙れないのならリビングにいってくれ」

(おまえのがよっぽど喋ってんじゃん…)

内心の不満を露《あらわ》にすれば漏れなくケンカになるのは目に見えていたので、日夏は深い深い溜め息だけをついて口を噤んだ。レム睡眠の波もすぐそこまで打ち寄せてきている。

(明日はどうか、穏やかな日でありますように――)

ルイに背を向けて横たわりながら、ふと思いついて薄目を開ける。枕元に投げ出した手首に嵌められたブレスの石が、仄《ほの》かな月明かりを受けて淡く発光しているのが見えた。

この手枷がある限り、一尉に触れることは叶わないのだという。

とはいえ、ただ触れないだけで会えなくなるわけでなし、言葉だって充分交わせる。触れないということがそれほどの制約に思えないのは、まだ嵌めたばかりだからだろうか。

(だって、たった二週間だろ?)

一生のうちのほんの一部、十四日間だけの話だ。

その間だけ一尉との触れ合いを自重すれば、惣輔に思い知らせることが出来るのだ。惣輔が見たいのは日夏の覚悟だと言った。見たいというのなら見せつけてやる。

自分がどれだけ一尉を思っているか——。

「それにしても森咲日夏、おまえはやはり見た目どおりの単細胞だな」

「ああ?」

黙っていろと自分から言っておきながら、ふいにルイが沈黙を破ってきた。

そういえば昼間もさんざんっぱらケンカを売られた覚えがある。はたしてそれをいま、まとめ買いするべきなのか、束の間逡巡《しゅんじゅん》しているとルイがふう…と細く、果敢《はか》なげな息をついた。

「僕にはわからないが、一尉のどこがいいんだ? そこまでする価値があいつにあるとは到底思えないぞ。確かに顔はいい方だろうが、他に取柄《とりえ》なんか思いつかないじゃないか。ああ、もしかしてあっちのテクニックが超絶に長《た》けているのか?」

「……おまえさ、ケンカ売りたいんなら明日にしてくんない? 眠いんだよね、さすがに」

「べつにケンカを売りたいわけじゃない。純粋な興味から訊いているんだ。片思いと両思いはやはりぜんぜん別物なのか? 僕がかけた揺さぶりもまるで効果がなかったようだな。それは互いを信頼しているから平気だったのか？　それとも過去は気にならないものなのか？」

（おいおいおい…）

堰《せき》を切ったように背後で喋りはじめたルイに、日夏はやれやれ…と枕に顔を埋めた。どうやら興味さえあれば何でも訊いていいと思っているらしい。そんな口ぶりだ。

「あーも、うっせーな。明日まとめて答えてやるよ…っ」

「いま気になるのだ。いま答えろ」

（どこのワガママ坊っちゃんだよ、コイツ…）

こちらの返答を待っているらしい気配が、背中の方からひしひしと伝わってくる。すでに限界に近い眠気と体のだるさから、日夏は投げ遣《なや》りな気分で「全部だよ」と答えた。

「とにかく俺にとってはいま、あいつが全部なの。あいつを中心に回ってんだよ、俺の地球は」

「あいつのどこがそんなにいいんだ？」

「だーから全部だってば。わりに執念《しゅうねん》深かったり嫉妬深いトコも、俺のことになると周りが見えなくなっちまうトコも。そーいうのも全部、俺が好きだからそーなってんのかーって思うと許せるっつーか、嬉しいっつーか」

眠さと暗さと疲れがあいまり、自分でもやけに素直な本音を晒しているような気がした。

なぜ好きなのか、どうして一尉なのか。全部表せと言われても、とてもじゃないが言葉ではうまく説明出来ない。だからこそ行動で示すために、自分はこのブレスを嵌めたのだろうと思う。

「あいつの過去も気になるけどたぶんキリねーし、それも含めていまのあいつになってんだからしょうがねーのかなとか思うけど……ってまだ続くのか、この質問タイム？」

「あいつがおまえを好きだから、おまえもあいつが好きなのか？　恋愛とはそういうものなのか？」

どうやらルイの疑問は尽きることがないらしい。

それにつき合うにはいささか体力が足りなすぎた。眠りの世界に頭半分持っていかれたような心地でルイの声を聞きながら、日夏は閉じた瞼に淡い月明かりを灯した。

「ちげーよ…。あいつがいつか俺に飽きたとしても、俺はあいつのこと、好きだし…」

「ほう、相手が振り向かなくても、好きという気持ちに意味はあるのか？」

「意味っつーか、どうしたって止めらんないもんなんじゃねえの？　人の気持ちなんてのはさ…」

ルイの声と、自分の声との区別がだんだんつかなくなってくる。

ただテンションだけは反比例したように違うので、撥剌《はつらつ》とした発声がルイだなとぼんやり認識するのがいまの日夏の精一杯だった。もはや自分でも何を答えているのか、半分以上わかっていないような状態だ。思ったことがダラダラと、ただ脊髄反射的に唇から漏れ出ていく。

「じゃあ、恋と愛の違いは何だ？」

「違いー…？　んー……恋は一人でも出来るけど愛は一人じゃ出来ない、みたいな…？」

「ほほう、では愛はどうすれば手に入るんだ？」

「知るかよ、そんなの……」

そんな呟きを最後に記憶はふつりと途切れている。その後さんざん「待て、寝るな。起きろ」と体を揺すられたような気もするが、その辺りは定かではない。疲れきっていたからか、期末試験に続いて脳を酷使《こくし》したからか、その夜は久しぶりに夢を見なかった。そのおかげか、浮力に従い水中から引き上げられるように迎えた目覚めも、このところ味わえなかった爽快感をもたらしてくれた。

（おー、すっげーよく寝た気分…！）

枕もとでカーテン越しの日溜まりが丸くなっているのを眺めながら、日夏はしばし朝の空気を堪能《たんのう》した。いつもならコーヒーの匂いがしてくるのに、と思いかけたところで挽《ひ》き立てではないインスタントの香りを感じて、ああそういえばここは自分の家ではなかったなと改めて思い返す。

アラームが鳴っていないところをみると、起きるにはまだ早い時間なのだろう。ベッド下に放っておいた携帯に手を伸ばしかけたところで、クン、と何かに動きを阻害《そがい》される。

「ん？」

振り向くと、なぜかルイが寄り添うようにして背後で熟睡している。思わず無言で面食らうも、日夏のシャツの袖をキュッと握り締めているところは何だか可愛いような気がした。

起きている時よりも寝顔の方が、緊張感がないからか人間味があるように感じられる。彫像を思わせる隙のなさが消えて、あどけなさすら漂っているほどだ。

（けっこう可愛げあるんだな、こいつ…）

それがただの気のせいだったと知るのは、その十分後のことだ——。

「朝の卵はスクランブルエッグに決まってんだろっ」

「何を寝惚けている。昔からポーチドエッグと相場が決まっているだろう」

朝食のメニューで食卓が揉めに揉めているところで、ふいにチャイムが鳴った。朝はコーヒーのみだという惣輔がマグカップを手にインターホンに出る。だが画面を覗くなり。

「う、わー迎えにきやがった…」

そんなぼやきが漏れ聞こえて、日夏は反射的に玄関まで飛び出していた。バン！　と勢いよく開くのを予期していたように、扉の軌道から外れた場所に二つの鞄を手にした一尉が立っている。

「おはよう、日夏」

「――一尉…」

あまりにいつもどおりな様子で声をかけられて、日夏は潤みそうになった視界を慌てて指先で拭った。ハイと差し出された鞄を見て、そういえば代官山の家に置いたままだったのを思い出す。

「それからこれもね」

抜かりないといった調子で、さらにコーヒーチェーン店のビニール袋を差し出される。紙袋からは焼きたてのパンとコーヒーの匂いがしていた。

「鞄の中に制服のシャツと替えの下着も入れておいたから」

昨日一日着ていたうえパジャマ代わりにまでしてしまったので、いま着ているシャツはすでに無残なよれ具合だった。下着も、もう一日我慢するのが苦痛な季節でもある。

「サンキュ…っ」

「どういたしまして」

荷物を受け取る瞬間、さりげなく一尉の指が自分の指を避けたのを感じて「あー、そっか…」と日夏はもう一つ重要なことを思い出していた。

一尉に触れれば、このブレスは手首に牙《きば》を剝くのだと聞いている。

あまりに軽くてつけているのをしばしば忘れてしまうほどなのだが、こうして一尉と向かい合っていると急にその重みが増したような気がした。

触れられない、と思った途端に目の前にいる一尉が遠く感じられる。

(あ……)

同じ気持ちを一尉にも味わわせているのだと、日夏はその時になってようやく気づいた。

昨日、一尉に言われた言葉がようやく腑に落ちる。自分だけが犠牲を払うのだと、一点だけを見て思い込んでいた己の浅はかさが浮き彫りになった形だ。日夏のテンションが急降下したのを見て、一尉が気を逸らすように長い指先で「それ」とビニール袋を指し示した。

「冷めちゃうから早いうちに食べて」

「あ……おまえは？」

「もう食べてきた。待ってるから一緒に学校いこう」

「ラジャ！　五分で食べて着替えっから、中で待ってろよ」

すでに長年住んでいるような顔で扉の隙間を蹴り広げると、日夏は奥のリビングへと顎先で招いた。ブレスを一尉の前に晒すのが何となくイヤで、右手首を鞄の陰に隠したまま中へと先導する。リビングに入るなり、日夏の背後を見た惣輔がチッと小さく舌打ちした。

「やけにあっさり迎えにきやがったな」

「ええ。ここで引き下がったらあなたの思うツボですからね」

そう言って一尉が鮮やかに綻《ほころ》びる。

「それに今回の場合、大切なのは経過じゃなくて結果ですから」

「ふうん、一晩で気持ちを切り替えたか」

「日夏の一生は俺のものだけど、そのうちの二週間くらいならあなたに進呈してもいいかな、って」

「わあ、無性に殴ってやりたい」

そんなやり取りを小耳に挟みながら、マスタード抜きのホットドッグに齧《かじ》りつくと日夏はパタパタとリビングから洗面所に飛び込んだ。手早く寝癖を直しながら、鏡の中の自分と目を合わせる。

頬の緩んだ自分と向かい合いながら、日夏はそっと安堵の息を漏らした。

(よかった……)

昨日の今日で一尉がこんなふうに迎えにきてくれるとは、正直なところ日夏も考えていなかった。今日、学校で会ったら話し合わなければいけないと思っていたのだ。だが辿りついた結論はお互い同じだったようで、それが何より嬉しくて心強くて、思わず弾んだ足取りでリビングに戻る。

食卓では日夏の上前をはねたルイが、シナモンロールを両手に持って頬張っていた。昨夜も杏仁豆腐《アンニンドウフ》を五皿平らげていたので、そうとうの甘党なのだろう。うっとりと甘味に酔いしれている表情を間近にすると、文句を言う気も失せてくる。

「俺はおまえのこと、息子だなんて思ってねーからな？」

「ご安心を、こちらこそあなたを義父《ちち》だなんて一生思いませんから」

ソファーに座る惣輔とその傍《かたわ》らに立つ一尉との間では相変わらずな舌戦がくり広げられていた。かかわるとあとが面倒そうなので、それには取り合わず足早に寝室に足を踏み入れる。ホットドッグの残りを咀嚼《そしゃく》しながら、スラックスにベルトを通してウォレットチェーンを引っかける。新しいシャツを取り急ぎ羽織ると、日夏はタイを首に引っかけてリビングに戻った。

このマンションからだと乗り換えがある分、いつもより早めに出なければならない。まだ時間に余裕はあったが、早く出るに越したことはないだろう。

「よっしゃ、準備ほとんど完了！」

アイスラテを一気に嚥下《えんか》してから、開けっ放しだったシャツのボタンに手をかける。その仕種を隣から見守りながら、ふいに何かに気づいたように一尉が緩く微笑んだ。

「日夏、唇の端にケチャップついてる」

「ん？」

「ほら、ここ」

言いながらこちらへと動きかけた一尉の手が、そこから不自然な軌道を描いて自身の唇に添えられる。その一瞬の「間」がぎこちなさを作り出す前に、日夏はペロリと舌でそれを舐め取った。

ブレスを嵌めて一日目だ。まだお互いに慣れない——。

その辺りに惣輔が余計なチャチャを入れてくる前に、ここを出るのが無難だろう。

「さっさといこーぜ？」

一尉を伴ってリビングを離れかけたところでしかし、惣輔が急に情けない悲鳴を張り上げた。

「おっまえ、何てモンつけてやがる！……！」

「——あ」

うっかり晒していたキスマークを慌てて襟で隠しながら、そそくさとその場を逃げ出す。さすがにこれは気恥ずかしかった。実の親に見られたいものではない。

「清い交際じゃないのかよ、おまえら……」

ソファーから滑り落ちた惣輔が、がっくりと両手両膝を床につく。

それを世にも楽しげに眺めながら、「そんなわけないだろう？　昨日だってたいへんなものだったぞ。イイとかイヤとか泣き叫ぶおまえの息子を一尉が押さえつけて後ろからだな…」と、とんでもない注釈を横で囁きはじめたルイも、ついでに玄関の外まで引っ張っていく。

気づけば真っ赤になった日夏を先頭に、駅までの道程をなぜか三人で歩いていた。

「………おまえ昨日、どっから見てたんだよ」

「そうだな。指外してとか、おまえが泣き喚いてた辺りからかな？　後背位になる五分くらい前だったと思うが。しかし、あれだけ叫んでて声が嗄《か》れないとはたいしたものだな」

「――……」

そんなところで感心されたくもなければ、「俺が鍛えてるからかな」などと一尉に微笑まれたくもない。そんなに前から見られていたとは予想外すぎて、日夏は一向に冷める気配のない赤面をハタハタと両手で扇ぎながら早足に駅前のロータリーを目指した。

声をかけられた頃合的に、見られたのはあの恥ずかしい「後始末」くらいだろうと勝手に思い込んでいたのだが――。

（それだけでも充分、死ねるっつーのに……）

それより前となるとまさに佳境だ。絶頂の前後をすべて見物されていたのかと思うと、やりきれなさのあまり真横の植え込みを乗り越えて、車道に身を投げ出したいくらいだった。

「そこまで見てたんなら木戸銭《きどせん》が欲しいくらいだね」

涼しい顔でそんなことを言う一尉に、ルイが「なるほど」と妙に納得した顔で頷いてみせる。

「それで相場はどれくらいなんだ？」

「アホか、おまえら…ッ」

一尉といい、ルイといい、なぜそうも平然としていられるのか。自分なら逆の立場だったとしても、同様に赤面して居た堪れずにいるところだ。そういったプライベートを明け透けに捉えられるのも、魔族の血のなせる業《わざ》なのだろうか。

「それにしても何だ？　どこへ行こうというのだ？」

じきに駅が見えてくるというところで、ルイが日夏のシャツの裾を後ろから引っ張った。その仕種の気安さに、何だか懐かれた気がして微妙な気分になる。

「どこって学校に決まってんだろ。つーか、おまえはいつまでついてくんの？」

「ああ、昨日の場所か。じゃあ僕もついていくとしよう」

「くんな。帰れ」

こんなのについてこられたら、トラブルが増加すること間違いなしだ。何度シャツを摘まれようとも徹底したシカトを通していると、急にルイの声が一オクターブも音域を下げてきた。

「ほう、いいのか帰っても？」

「ああ？」

今度はベルト通しにかけられた指が、ぐいっと後方に引かれる。執拗にくり返される仕種に鬱陶しく振り返ると、トパーズの瞳を薄い瞼で半分にしたルイが皮肉げな調子で唇を歪めていた。

「帰って、昨日の詳細を洗いざらい惣輔に吹き込むぞ？　いいんだな？」

――いいわけがない。

仕方がないので、このまま三人で学校への道程を辿ることになった。

（ま、ストーカー問題は片づいたしな…）

昨日までの悩みの種はとりあえず解消されたわけだ。

鞄を持ち替えた拍子《ひょうし》に、持ち手の金具とブレスが硬質な音を立てた。

一難去ってまた一難、というところか。いつもならすぐ隣を歩いている一尉が、今日は三歩ほど後ろをずっと歩いている。こんな距離感がこれから二週間、続くのだろう。

(でも、もう決めたことだから——)

こめかみから流れ落ちてきた汗を手の甲で拭いながら、頭上に垂れ込めている厚い雲を見上げる。昨日よりはいく分、灰色が薄くなった気がするのは梅雨明けが近いからだろうか。

最初は競歩まがいだった日夏の歩みも、いまは普通の速度にまで落ちている。だが激しいスタートダッシュのおかげで、シャツの中はもう汗だくだった。胸を伝い落ちた汗が、ベルトで締められたスラックスに沁みていくのがまた何とも形容し難い感触をもたらす。

赤信号の交差点で足を止めたところで、さらにどっと汗が吹き出してきた。

「あっちー…」

「明日辺り、梅雨も明けそうだね」

いつもはそう簡単には涼しげな風情《ふぜい》を乱さない一尉も、日夏のハイペースにつき合わされただけあって今日は額に汗を浮かべ、わずかながら肩を上下させている。にもかかわらず。

「梅雨って何だ？　食べ物か？」

制服組が汗みずくなのとは対照的に、ルイは汗一つ浮かべずスラリと背筋を伸ばしている。

昨日とはまたデザインの異なる黒いTシャツに、素材違いの黒いハーフパンツという黒尽くめの様相にもかかわらず、汗腺《かんせん》がないのかと思えるほどにその肌はさらさらに乾いていた。

(キメラって暑さに強いのか…?)

それが特性なのだとしたら羨ましい限りだ。しかし、信号が青に変わり、横断歩道に一歩踏み出した途端、日夏は背後からふわりとした風圧が追いかけてくるのを感じた。

「ん?」

同時に、何かが倒れる音。慌てて振り向くと、灼けたアスファルトの上にルイの痩身が倒れ込んでいるのが見えた。動かなくなったルイの傍らに一尉が膝をつく。

「……忘れてた。彼、暑さに弱いんだった」

「えっ、弱いのかよ!?」

「うん。——何しろ彼、『狼』だからね」

けっきょくその交差点でタクシーを拾うと、二人は意識のないルイをグロリアの医務室に運び込むはめになった。

軽い熱中症と診断されたルイを置いて医務室を出たのは、HR《ホームルーム》がはじまってからだ。

校医の診立《みた》てでは寝不足も重なっているらしく、ルイはいまだ目を覚まさない。目覚めた時に顔見知りがいた方がいいだろうという判断で、ルイには一尉がつき添うことになった。

何となく二人きりで置いていくのが気がかりで自分も残ると言い張ったのだが、終業式前日の今日は朝から種族別の特別講義が組まれていたため、「日夏は単位を取る方が重要」と窘められて追い出されてしまったのだ。そんな経緯で日夏はクラス棟へと続く通路を一人、とぼとぼと歩いていた。と、ふいに前方に慣れた気配を感じる。右手の壁に背を預け、両脚を交差させた怠惰な姿勢のまま、八重樫が日夏に向けて「よう」と片手を上げてみせる。

「待ち伏せか？」

「ああ。面白そうなネタをいくつか拾ったもんでね」

短く刈られた茶髪を今日はワックスで横に流しているらしい。いまやトレードマークでもあるブロウレスフレームのメガネを指先で押し上げながら、八重樫はチェシャ猫にも通じる薄笑いを口元に浮かべていた。そのニヤついた顔つきから碌な話でないのだろうと察せられる。

人懐こい顔立ちに人好きのする笑顔、インテリじみたメガネに爽やかげな雰囲気――。

そのどれもが中身を裏切っていることを実感するには、この学院に一カ月、いや一週間でもいれば充分だろう。八重樫を知る者たちは口を揃えて、やつのことを「金の亡者《もうじゃ》」と呼んでいる。敬愛と大いなる畏怖《いふ》を込めて。そんな八重樫の「金を生む趣味」の一つ、それが『情報屋』だった。

日々の雑多なニュースも、的確な整理と八重樫のコネクションにかかれば途端に何倍もの価値を持つ「情報」に生まれ変わるらしい。校内のみならず各所に張り巡らされたアンテナにかかる情報を、右から左へ上から下へ、はたまた前から後ろへと——然《しか》るべき時に然るべき場所へ移し、そうして流通させることで八重樫の懐にはかなりの額の「礼金」が転がり込んでくるのだという。

「どうせ、また金絡みの話なんだろ？」

「ま、否定はしないけどさ。半分は友人の身を案じてのことでもあるんだぜ？」

日夏が近づくのを待って脚のクロスを解くと、八重樫はニッと今度は白い歯を見せて笑った。

「つーことで、ちょっと拝見な」

「あ？」

おもむろに日夏の右手を取り上げるなり、手首を視線の高さに持ち上げる。ふーむ…などと言いながら十秒ほどブレスを矯《た》めつ眇めつしたのちに、八重樫は芝居がかった調子で天を仰いだ。

「ジーザス！」

「……何なんだよ」

「おっまえ、これ本物じゃねーか。一尉にリストバンド渡されなかったか？」

「——あ」

言われてみればタクシーの中で、ブレスの上からこれをするようにと渡された物があったはずだ。スポーツメーカーのロゴが入ったそれをポケットから探り出すと、スコンといきなりチョップを食らわされた。イテッと反射的に上げた声に「バカモノ！」という八重樫の叱咤《しった》が被る。

「無用心にも程があるぞ、おまえ！」

「だから何なんだよ…ッ」

「おまえこれ、どんだけの価値があるかわかってる？」

覗き込んできた八重樫の目の色を見て、どうやら真剣な話らしいと覚《さと》る。

金が絡んだ時と普段とでは、背負うオーラすらが極端に切り替わるのが八重樫だ。

「確か、魔具？　とかって聞いたけど…」

メガネの迫力に気圧されながら俯《うつむ》きがちに呟くと、八重樫が「あのな」と声を低めた。

「最近アカデミーの博物館から、稀少なアンティークが盗まれたって一部じゃ騒動になってんだよ。どうも内部犯の仕業らしいってんで極秘事項になってるけどな」

「それって…」

「盗まれたのは『試練』ってブレスなんだとよ。——なあ、どっかで聞いたことないか？」

「……はは、は」

乾いた笑いを最後に声を失った日夏に、八重樫がさらに低音でダメ押しを続ける。

「警備の厳重なアカデミーから持ち出されたことで、狙ってる連中も星の数ほどいるんだぜ？　ちなみにこれ、闇オークションに出たら数億はくだらないっつー話。アンダスタン？」

（マジかよ…）

どうやら日夏はとんでもない代物を腕に嵌めてしまったらしい。

もはやワールドワイドなスケールの話に、日夏はひんやりとした汗を背中に掻いていた。

「上からリストバンドで隠しとけよ。風呂以外ではぜってー外さないこと」

「イエッサー…」

ようやく解放された手首に、すごすごと黒いリストバンドを通す。

ブレス自体がわりと細身なので、被せてしまえば一見しただけでは知れないだろう。あとは学校に着くまでと着いてからで、このブレスを見咎めた者がいないことを願うばかりだ。

思えば昨日、アカデミーの宝物庫がどうの…と言っていた話はここに通じるのだろう。

(だったら一言くらい忠告しといてくれよ…)

惣輔からもルイからも、一尉からもそんな言葉は聞いていない。リストバンドを渡された時だって、ブレスの詳細についての説明はなかったというのに。——もっともそれはルイの容態が思ったより悪く、緊迫《きんぱく》していたせいもあったかもしれない。車内で突然呼吸が荒くなったりと、日夏もそうとうハラハラさせられたのだ。だが校医による『治癒《ちゆ》』を受けてからは劇的に回復し、いまは睡眠不足解消のために寝こけているらしい、あの人騒がせな狼は。

「一尉から昨夜聞いた時は、ガセだと踏んでたんだけどな。あいつも半分はそう思ってたんじゃね？　まさか本物とはね、いやいや参った。面白いけど。しかも今回『金狼《きんろう》』も絡んでんだって？　おまえらってつくづくトラブルに好かれやすいよなぁ」

クラス棟に向けて並んで歩きながら、八重樫が頭の後ろで両手の指を組み合わせる。

鞄を持っていないところをからすると、今日は早い登校だったのだろう。よほどのことがない限り、こんな朝から見かけるはずはない。大方、情報収集のために早出してきたのだろう。

「そりゃーね。一尉から直接、詳しいトコ聞きたかったし。ブレスにキメラに、そういや日夏の父さんも現れたんだって？　おまえらといると退屈だけはしなくて済むから、ホントありがてーよ」

「……あっそ」

キメラ種の一つ『金狼』については、タクシーの中で少しだけ説明を聞いた。

ライカンと狼の遺伝子をかけ合わせて作られた、キメラの中では一番古い種族なのだという。もとが狼なうえ「狼男」の素質を継ぐ血が入っているため、他のキメラ種よりも獣の属性が強いのだという。そのせいか人化している時にも、獣時の性質が色濃く出るらしい。

『犬を飼う時の注意点がだいたいあて嵌まる感じかな』

とは、一尉曰くだ。夏場は特に、熱中症に気をつけなければいけないのだという。

「ちなみに俺らもけっこう、暑さには弱いぜ？　ヴァンパイアも日の光が苦手なやつ多いしな」

「え、そうなの？」

「おう。その点、ウィッチは不便な特徴あんまないよな。羨ましい限りだぜ」

(言われてみりゃそうかもな)

他の種族と違い「魔女」だからどうという目に遭った覚えはない。

同じ魔族と言っても三種の血統にはそれぞれの特性がある。普段あまり意識していないが、ライカンとヴァンパイアとウィッチとでは根幹としている体質がまったく違うのだ。

そもそもはライカンも、昔は完全に獣化変容が出来たのだと聞いている。だが人の世に長きに亘《わた》り寄り添ってきたせいか、いまでは不要な機能は退化し、体質全体が人間に近づいてきているのだという。それは他の種族も共通だった。

寿命もいまでは人間とそう変わりないが、数百年前までは倍近くあったという話もある。その頃の血をいまに残す古代の種族もいるが、いまでは魔族全体の一割程度しかいないのだという。

この何世紀かで、魔族の世界も大きく変わってきているのだ。

鞄を置きにクラスを覗くと、すでにクラスメイトたちはそれぞれの会場に散ってしまったらしい。今日の単位をむざむざと落とす者はそういないだろう。一尉や八重樫といった成績上位者や、金の余った名家の子息は困らないだろうが、自分の立場ではとてもそんなことは言えない。

黒板に大きく記された種族別の会場を頭に入れると、日夏は自席に鞄を置き、きた道を逆戻りしはじめた。その間、なぜかずっと八重樫があとをついてくる。

「ライカンは第二体育館なんじゃねーの？」

「いまさら。俺が単位で慌ててるの、見たことあるかよ」

嫌味な発言にケッと不快感を露にすると、日夏は足早に本校舎五階の大会議室を目指した。いつもだったら一限開始のチャイムが鳴っているところだが、今日は特別講義に合わせた設定になっているので、もう十分は鳴らないはずだ。

「で、キメラはどうよ？　やっぱ麗《うるわ》しいの？　俺まだ肉眼で拝《おが》んだことないんだよね」

一尉が捕まらなかったので、八重樫は日夏から情報を引き出すことにしたのだろう。自分についてきた魂胆を悟って、日夏は小さく肩を竦めた。

「まだ医務室で伸びてるよ。覗いてくりゃよかったのに」

「それが出来たらやってるっつーの。『VIP』待遇の賓客には学院側も気ィ遣うさ。しかも弱ったキメラなんてバレたらコトだからな。医務室、立ち入り禁止になってたぜ?」

「やっぱそんな稀少なんだ?」

「あったりまえじゃん。キメラの生体だって、闇オークションじゃ超高値がつくんだぞ?」

「——つーか、その闇オークションて何…?」

日夏には聞き慣れない単語だった。高価なアンティークが非合法で売買されるのはまだわかるが、キメラまでが「商品」として対象になり得るとは空恐ろしい話だ。

「ま、一般庶民には縁のない話だよ。金とヒマと悪趣味を持て余したごく一部のセレブ魔族と、犯罪組織御用達《ごようたし》のオークションだからな。人身売買も日常茶飯事らしいぜ? さすがの俺も現場を見たことはないけどな。関係者なら何人か知ってるよ」

「……聞かなきゃよかった」

胸の悪くなる話に、思わず渋く表情が歪む。魔族の生態は変わっても、キメラを取り巻く状況は中世の頃と何も変わっていないということだろう。ふいに今朝のルイの表情を思い出す。

シナモンロールで至福を噛み締める笑顔と、健やかに眠っていた時の子供のようなあどけなさ。どちらも誰かが踏み躙《にじ》っていいものではない。

胸を占めていた嫌悪《けんお》感が、次第に哀切な思いに塗り変わっていった。

「いつの時代も最低だな、魔族は」

吐き捨てた日夏の肩にポンと八重樫の手が乗せられる。

むろん魔族だからといって、すべての者が悪質な性根に侵されているわけではない。モラルの足る者も、道理の通じる者も数多くいる。——いや、根っからの悪党などそうはいない。とかく金とヒマを持った者は、碌な道に走らないのだろう。魔族も人間もそれは大差ない。

「理性の鍵を、容易く外すやつがバカなんだよ」

苦々しく吐き捨てるところを見ると、八重樫も何か思うところがあるのだろう。

「ま、そういうこともあってキメラは保護対象なわけだ。その甲斐《かい》あってか、最近じゃそういう目に遭ったキメラの話は聞かねーよ。だからおまえのブレス同様、金狼にも気をつけてやれよ」

「うん」

素直にそう思えた。口を開けば生意気だし、自分よりも確実に長生きしているらしいのに子供じみた言動が抜けなくて、地球は自分を中心に回っていると微塵《みじん》も疑っていなさそうな——あのトパーズの瞳が翳るような事態にだけはしたくないと思う。

渡り廊下を抜け、本校舎の階段を上りはじめたところで「あ、そうそう」と八重樫がまた声を低めた。人耳を憚《はばか》られる話だろう、と察してすぐにスピードを緩める。

「キメラについてはもう別口で噂が出回ってるぜ、金狼が東京にいるらしいってな」

「あいつフラフラ出歩いてるぜ？　完全に気配を殺せるからとかって」

「あー、確かにその線で捕まることはないだろうな。でも油断が出ないとも限らない」

気配を殺すイコール、存在を消すことだ。だが少しでも気が緩めばあの容姿だ、目について仕方ないはずだ。どうもこちらに着いて以来あちこちで物見遊山《ものみゆさん》に励んでいるらしいので、せめて変装の一つくらいは心得させるべきだろう。

「ちなみにこれはまた別口情報。金狼はどうも恋しい誰かに会いたいがために、アカデミーから外へ出てきたっぽいぞ。すでに恋に落ちてるキメラとは、また貴重なサンプルだよな」

「恋しい、誰か？」

「そ。しかも日本に『追いかけて』きたらしいぜ？」

「追いかけて…ね」

なぜか医務室に残してきた二人の姿が脳裏にちらつく。

(そんなわけない、よな…？)

あの二人の会話にそういう色っぽい要素は皆無《かいむ》だった、けれど——。

一尉や恋についてなど、昨夜しつこく訊かれたことを思い出す。それにサロンで牽制《けんせい》された理由がそこにあるとすれば、納得出来る点もある。だいたいあの不器用そうな男が、恋に落ちたからといって素直に自分の気持ちを表せるとは思えない。ぜったい憎まれ口を利くタイプだろう。

（でもなぁ……）

しかしそう考えると、不可解な点も出てきてしまうのだ。その線でいけば「恋敵《こいがたき》」となる自分に、つらくあたっていてもおかしくない状況なのに、日夏に対するルイの態度にそういった棘は感じられないのだ。一尉のどこがいいのか気が知れない、と昨夜も呆れ交じりに何度も零された覚えがある。

あの奔放な言動を見る限り、ルイはアカデミーの研究所で温室育ちにされていたはずだ。でなければあそこまで世間知らずな人格には育たないだろう。跳ねっ返りで生意気な面ばかりが目立って見えるが、根は素直で疑うことを知らない性質が窺える。

あれに比べたら自分の方がよっぽどうまく嘘をつけるだろう。

（わっかんねーなぁ…）

ぐるぐると考え込んでも、答えは見えてきそうにない。

「その相手が誰かってのはわかんねーの？」

「なあ、気になるとこだよな。あ、もし判明したら俺にも連絡くれな」

のんびりとした口調で続けながら、八重樫が並んで階段を上がる。もう四階を過ぎたというのに、メガネの足は止まらない。ライカンのくせに魔女講義を受けていく気なのか、それともまだ訊き足りないことがあるのか。ほどなくしてついでのように、例の件が話題に上った。

「そういやストーカーはどうしたんだよ？」

「あ、あれ、俺の親父だった」

「マッジで！」

その場で爆笑しはじめた八重樫を置いて、日夏は一段飛ばしで階段を上がりはじめた。

（ま、笑うよな…）

自分だって当事者でなければ、確実に腹を抱えている結果だ。

恐らく古閑にも同じように笑い飛ばされ、隼人には「お父さんが見つかってよかったね」と見当違いに喜ばれるかもしれない。いまだ止まない笑い声を置き去りに、日夏はいくつもの溜め息を追い越しながら最後のステップを駆け上がった。

6

昼までの講義を終えて携帯を確認すると、一尉からのメールが入っていた。

(今度はそっちで二人っきりか…)

短く了解の旨を返信する。まだ本調子でないルイが校内で目立つのを避けるために、とりあえずはサロンに引き籠っているとの連絡だった。八重樫、隼人の二人を途中で拾ってから特別棟に向かう。古閑もあとからすぐに追いついてくるだろう。それぞれに連絡をつけた際に、古閑が一番購買の近くにいたので、日夏は半ば強引に食料調達係を引き受けさせた。自分の好物とともに、甘い物を注文するのももちろん忘れない。

「何の間だっけ?」

「えーと、深海の間…?」

特別棟の最上階、最端の廊下まできたところで、先を歩いていた隼人が日夏を振り返った。

複数あるサロンにはそれぞれ名前がつけられている。誰のネーミングによるものかは知らないが、一尉がよく利用するあの部屋にはそういう名前がついているらしい。

一番奥の扉まで行くと、隼人が慣れた仕種でセキュリティの液晶画面に「K」の記章を翳した。続いてポケットから取り出したカードキーを画面横の切り込みにスライドさせる。レッドサインが緑色に変わると同時、施錠の外れるピッという電子音が聞こえた。

最高位ランクの記章とカードキー、通常はこの二点が揃わないとロックは解除出来ない。

だが「ＶＩＰ」の記章は別格らしい。学院内において、あの文字を留めた者が入れない部屋はほとんどないのだとあとになって聞かされた。ルイはまだしも、惣輔までが「ＶＩＰ」認定されていたのにはどこか釈然としないものを感じるのだが、アカデミーの関係者というだけでも学院にとっては賓客に値《あたい》するのだろう。

「一尉？」

呼びかけながら踏み入った部屋は、昨日と同じくぼんやりとした薄暗さに満ちていた。

紺色のクロスに四方を囲まれ、窓際にも分厚いカーテンを下ろした室内は、確かに「深海」の名にふさわしい静寂《せいじゃく》さと暗澹《あんたん》さを秘めていた。その一番奥の、もっとも薄暗い一角に置かれたカウチの上に、折り重なるようにしている二つの影がふいに目に入った。

「え？」

「何だ、早かったじゃないか」

振り返って日夏の顔を認めるなり、ルイが動じたふうもなくそんな感想を述べる。

（え……？　つーか、何が起きてんだ――……？）

入口で彫刻のごとく固まった日夏の背後から、中を覗いた八重樫が「どういう状況？」とルイに向けて訊ねる。隼人も日夏の隣で、キョトンとした顔で首を傾げていた。

「見たとおり、一尉の寝込みを襲っているところだ」

「――なるほど。昨日からの騒ぎでこいつも寝不足なんだろうな」

見ればカウチにもたれた一尉はすっかり熟睡状態に入っていた。ルイに馬乗りになられているというのに、無防備にも静かな寝息を立てている。よほど疲れているのだろうか。

「そういや、昨夜の連絡も真夜中だったもんなぁ」

「マジで？」

「ああ、ブレスについていろいろ調べてたみたいだぜ。外す方法がないかとか、あちこちあたってるって言ってた。けっきょく見つかんなかったみてーだけど」

「……そっか」

自分が考えなしに動いてしまう分、一尉が後ろからのサポートにいつも追われるはめになるのだ。そうやってかけてきた負担がいままでにどれだけあったろう？　裏の苦労を悟らせないので、日夏には計り知れないけれど――。また右手首が少しだけ重くなったような気がした。

（ごめんな、一尉…）

固まっていた足を動かしてカウチに歩み寄ると、日夏はまずルイの首根っこをつかんで後ろに引いた。寝込みを襲うなど冗談じゃない。許容範囲外にも程がある。

「一尉に触んな」

「む。何だ、ケチを言うな」

(そーいう問題じゃねーっつうの)

口答えなどするわりにはあっさりと剝がれた体が大人しくカウチを下りる。それをさらに追いやってから、日夏は座面から零れている一尉の手首を拾いかけて、はたと動きを止めた。

(あ…)

「——ホントだ、子供みたいに寝てるね」

いつのまに背後まできていたのか、動作の続きを自然な仕種で引き継いだ隼人が一尉の手をカウチに乗せる。ブレスの事情については道すがら隼人にも説明してあった。さりげなく補佐に入ってくれた隼人に小声で礼を言うと、長い指先ですいっと頰を撫でられた。

「日夏は笑顔が可愛いんだから。そんな顔しないで」

(う、わあ…)

そんな台詞が素《す》で似合ってしまうほど、隼人には滴《したた》るほどの色気とフェロモンが具わっている。柔らかい物腰や上品な仕種も、天性の資質なのだろう。

微笑みだけで百人は落とせると囁かれるほど、隼人の顔立ちは整ったうえに独特の雰囲気を帯びているのだ。艶めいた黒曜石《こくようせき》のような瞳に、甘い笑みを絶やさない唇。その唇から零れてくる台詞も極上に甘いのだから、無理もないと言うべきか。しかもそのすべてが無自覚なのだからタチが悪い。

いまの一瞬で、たとえば恋に落ちる者もいるだろう。

(隼人に恋するやつはたいへんだろうな)

もしも一尉がこんな性質だったら、と考えるだけでも青褪めたくなってくる。

きっと、心臓がいくつあったって足りやしないだろう。

「この部屋、空調効いてるから。冷えないようにしないとね」

眠る一尉に、隼人がどこからか持ち出してきた薄い毛布をかける。聞けば隼人もサロンはよく利用しているのだという、おもに校内デートやいかがわしい逢引《あいびき》に――。なので常備品については熟知しているらしい。外から扉をノックする音にも「ハイハイ」と隼人がいち早く対応する。

基本的に世話好きな性分なのだ。しかも天然なくせにマメで気が利くので、隼人の「恋人」の座を熱望する者は絶えない。だが当の隼人に恋愛の概念がないので話は一向に進まないらしい。

「あー災難だった…」

隼人に招き入れられた古閑が膨れたビニール袋を両手に入ってくる。分配がはじまり賑やかになったところで、隼人が一尉のいる一角にカーテンを引いた。よくよく見れば部屋の何ヵ所かがそうやって仕切れるようになっているようだ。隼人の利用頻度の高さを改めて思い知る。

「さっと食っちまおうぜー？　俺も午後は講義出るし」

古閑の声に促されて、中央のテーブルに取り残されていた自分の分の袋を取りにいく。今日は午後にも特別講義が入っているので、あまり時間に余裕がない。

見れば一尉のいるカウチとは対極の窓際になぜか車座になった隼人たちが、もうすでにワイワイと食事をはじめていた。その輪の中にルイの姿が見あたらず首を巡らせる。――と昨日、自分たちが使っていた幅広のソファーに長々と伸びて、何とまたもや熟睡しているのが見えた。

「また寝てるし」

「寝かしとけよ、どっちも」

（やれやれだな…）

自分の袋からチョココルネとカスタードパイを抜き出すと、日夏はそれをルイの手もと近くに置いた。キメラというのは魔族よりも睡眠を要する種族なのだろうか。一尉が寝不足なのはわかるが、こいつが寝不足だという理由がよくわからない。昨夜だってずいぶん早くにベッドに入ったはずだ。それとも自分が寝たあとに一人で何かやっていたのだろうか？　ルイに関してはとかく謎だらけだ。先ほどの件も帰ったら重々《じゅうじゅう》とっちめてやらねばならない。

「——ってなわけで、古閑も周囲に警戒よろしく？」

昼食の間、ここまでのあらましを一通り古閑にも説明したのだが、やはり惣輔の話が出た時点で腹を抱えられた。あまりにいつまでも笑っているので、日夏の足が出たのは言うまでもない。蹴り二発でようやく笑い収めた古閑が、向かいで「了解、了解」と両手を掲げてみせる。

「つーことは、日夏の夏休み前半は引き籠り決定、でＯＫ？」

「……まあな」

月末のパーティーまでこれといった予定が入っているわけでもない。出歩けばその分リスクも高まるので、不用意な外出は控えた方がいいだろう。

高価なアンティークを身につけているだけならそこまで警戒しなくてもいいのだろうが、狙う側が手段を問わないような連中だというのだからそれもやむを得ない。効力の発揮中は惣輔以外に外せないのだから、と最初はタカを括《くく》っていたのだが。

「そんなの日夏ごと攫《さら》うか、腕を落とすかされるに決まってんじゃん」

と世にも恐ろしいことを言われて、日夏はこの先、引き籠る決心を固めたのだ。

自分が想像していたよりも遥かに巨大な大渦に、たった一日で巻き込まれてしまったようだ。こんなことになるとわかっていたら、ブレスを拒んでいただろうか？　昨日から何度となく持ち上がる自問に、返ってくる自答は変わらず「ノー」だ。

選んだ過去は変わらない。引き返せる道がないのなら、前に進むことだけがいま出来るすべてだ。きっとこれも惣輔が言う「覚悟」に含まれているだろうから——。

「日夏の意地っ張りは誰に似たんだろうなー？」

唇を噛み締めて俯いていた日夏に、古閑が軽い調子で声をかけてくる。

「そんなの知らねーよ…」

「でも俺、おまえのそういう意志の強さはソンケーしてるよ？」

どう聞いてもカタカナ発音の「尊敬」に思わず苦笑すると、隣にいた隼人にサワサワと頭を撫でられた。友人というのはありがたいものだと心底思う。一人でこんな気持ちを抱えていたら、いずれ潰れてしまったに違いない。でも一人じゃないからこうやって笑えるのだ。

(一尉もいる、こいつらもいる――)

そう思うだけで、気持ちにガソリンが注ぎ足されていく。

食べかけだったメンチカツサンドを口に詰め込むと、日夏は五〇〇㎖の牛乳パックに手を伸ばした。何をするにも大切なのは動力の確保だ。調理パンを六つも詰め込めばまずは充分だろう。

ランチタイムが終わりかけたところで、「あ、そうそう」と八重樫が小さく挙手した。

「えーと経過報告だけど、脅迫状の件はほぼ絞り込めたから。狂言の可能性が高いんで害はほとんどないと思う。いちおう、まだ警戒と追跡は続けてるけどね」

「あっそ」

「……相変わらず興味ないな、おまえ」

日夏の無関心さに笑いながら、八重樫が膝に乗せたノートパソコンに指を滑らせる。こんな事態となったいまでは、そういえばそんな問題もあったっけ? という気分だ。

「ま、この問題はほとんどスルーでいいと思う。一尉とも見解は一致してるし。当面はやっぱ、おまえと金狼の安全確保が第一だろうな」

「ラジャー」

昼休みの終わりが近づいたところで、ひとまず作戦会議はお開きになる。いまだ目覚めない二人を置いて、日夏は後ろ髪を引かれつつサロンをあとにした。――その判断が間違っていたことを知るのは放課後になってからだ。

講義が終わってすぐに鳴らした携帯に一尉が出なかった時点で怪しんではいたのだが、隼人を伴って向かった「深海の間」で、日夏はまたも折り重なる二つの影を目撃するはめになった。

しかもあと数秒でも部屋に入るのが遅れていたら、キスが成立していたろう至近距離でルイが一尉の寝顔に覆い被さっている。

「てっめえ、どういう了見だよ…」

「さっきといい、おまえはタイミングを計ってきてるのか？」

「なわけないだろっ」

カウチまでダッシュで飛んでいってルイを引き剝がす。一尉はよほど疲れていたのか、まだ夢の中にいるようだ。制服のシャツが上から三番目まで開けられていて、ざけんなよ…と口中だけで呟く。

咄嗟《とっさ》にボタンを嵌めようとして、一尉に触れた途端。

「――――…ッ」

手首にザクリと何かが突き立った。

慌てて宙に浮かせた右手首から、肘に向けて赤い一筋が伝い落ちる。リストバンドの一部にも赤黒いシミがじっとりと広がっていた。

「軽率だな。ブレスを嵌めているのを忘れたのか？」

「え……大丈夫？」

辛辣《しんらつ》なルイの声も、心配げに駆け寄ってきた隼人の声も、右から左へと抜けていく。

「日夏……?」

そこでようやく目覚めたらしい一尉の声が、ひどくクリアに鼓膜を震わせた。

一目で状況を理解したのだろう。隼人を呼び寄せて日夏のリストバンドを外させると、横に返した手首に一尉が掌を翳す。藍色の瞳がすうっと色褪せてから鮮やかな紺色に塗り変わった。

「ルイのために、校医の先生から『治癒』をもらってたんだ。役立ってよかった…」

針が刺さる衝撃は一瞬だったが、ズキズキと続いていた傷の痛みがみるみる消えていく。ずれたブレスからのぞいていた傷口も、数十秒後にはもとのようにただの素肌に戻っていた。唯一の名残《なご》りになった赤い血筋を隼人がティッシュで拭う。

「これ、洗ってくるね」

血で濡れたリストバンドを手に隼人の背中がバスルームに消えたところで、日夏はへなへなとその場にへたり込んでしまった。絨毯の分厚さに尻を埋めながら、カウチに腰かけた一尉を呆然と見上げる。藍色に戻った双眸が悲しげに自分を見つめていた。

——愛する人に触れられない。禁を犯すと痛みに襲われる。

(こういう、ことなんだ……)

知識に経験が伴い、日夏は自分が飛び込んだ状況をようやく正しく認識出来た気がした。

もう傷はないのに、ズキンと手首が鮮烈に痛む。ほんの少しでも一尉に触れれば、またあの痛みが訪れるのだ。息が詰まるほどの衝撃とともに。

立ち上がれない日夏に手も貸せない状況に苛まれてか、一尉が沈痛《ちんつう》な面持ちで目を閉じる。

(あ、立たなきゃ…)

頭ではそう思うのに、脳からの指令を四肢が受け止めてくれない。

まるで腰が抜けたみたいに体に力が入らなかった。

「外に出ればすぐ乾くと思うよ。雨の予報、今日は出てなかったし」

リストバンドを持って戻ってきた隼人が自然な仕種で日夏に手を貸し、話のついでのようにその場に立ち上がらせる。ブレスに触れられてピクッと微動した日夏の肩を、安心させるように二度ほど叩くと、リストバンドを手首に通してくれた。

ひんやりと濡れた心地が手首を包む。

その冷たさに触発されたように背筋が一瞬、凍《こご》えた。

「ふうむ…――針が出たということは、本当に一尉を思っているのだな」

一部始終を傍らで興味深げに眺めていたルイが、場違いなほど感嘆とした呟きを零す。

(何、を…)

「なるほどな」

そう一人だけで納得すると、ルイは唐突に一尉の膝の上にひょいと跨った。はだけたシャツの両襟をつかんで、薄く開いたままの唇で噛みつくように口づけようとする。

「な…っ」

糸で吊られたようにぼんやりと立っていた自分の体が、急に動いた。考えるよりも先に動いていた日夏の手を、ルイの片手が空中で捕らえる。

「学習能力のないやつだな。一尉に触れたらまた痛い目に遭うぞ?」

妙に冷静な声に、慌てて目の前の状況を注視する。一尉は冷めた目で自身の唇を掌で覆っていた。その手の甲に唇を触れさせながら、ルイが呆れたようにぼやく。

「まったく、一尉もガードが堅くなったもんだな」

「俺の唇は日夏のものだからね」

「——そうか、こういうのが両思いなのか」

何がしたかったのか、まるでわからないままにルイが一尉の膝を下りる。ぶつぶつと何事か呟きながら踵を返そうとするので、日夏は思わずルイの肩につかみかかっていた。

「いったい何のつもりだよ…ッ」

「それはキスのことか? 未遂《みすい》なのに、なぜ怒る」

「ふざけんな、一尉に触んなって言ったろっ」

「ん? ここで怒るのは嫉妬か? そうか、それなら僕にも覚えがあるぞ」

「……ああ?」

会話が嚙み合わないにも程がありすぎて、頭の中がクエッションマークだらけになる。

「そうか、イヤな思いをさせてすまなかったな。あれは胸の中がどす黒くなったような、ひどく不愉快な気分になる。そうか……――つまり、僕の思いも恋で間違いないということだな？」

（おーい…）

真摯な面持ちで訊き返されても、答えようがない。誰か説明して欲しい、と顔に書いて傍らの二人に視線を移すも、二人ともに首を振られてしまっては打つ手がない。

「取り込み中、失礼？」

急に聞こえてきたノックに振り向くと、開いた扉に八重樫が首を傾げてもたれかかっていた。

この部屋に入る術のない八重樫がどうしてロックを開錠出来たのか、その理由は少し遅れてひょこりと顔を出した。白衣の胸もとに留められた「ＶＩＰ」の文字が照明を受けて光る。

「父兄のご案内でーす」

「帰るぞ、日夏？　父さん心配で迎えにきちゃった」

（何だ、この状況……？）

ますます事態がこんがらがったような気がして混乱している間に、惣輔と一尉の間で手短な話し合いが行われる。気づけば日夏はルイとともに、惣輔の借りたレンタカーでマンションに帰ることで話がついていた。

「日夏も疲れてるだろうから、早く帰るに越したことはないよ」

「や、でも…」

「あとで身の回りの物とかまとめて持ってくから。またメールするね」

一尉と八重樫はそれぞれに調べ物があるとのことで、これからいく場所があるのだという。

（……オッサンが朗らかなのが余計に怖いんですけど）

今朝の事件があれだけで済まされるとはとても思えない。こんな状態で惣輔とルイの三人にされるのは恐ろしい気がして、日夏はＳＯＳの意味を込めて隼人のシャツをつかんでみたのだが、まったく空気を読んでもらえず「また明日ね、日夏」とニッコリ手を振られてしまった。

「チース。って何、この揃い踏み状態？」

そこで幸か不幸か、遅れて古閑が顔を出したので、日夏は有無を言わせず赤毛のひょろ長い男をマンションまで同行させることに成功した。


「今回、俺すっげー貧乏クジ引いてねえ…？」

古閑が何度目かになる泣き言を零しながら、隣に座る日夏の手札からカードを一枚抜く。

あれから帰り着くなり、ずっと四人でなぜかトランプをしていたりするこの状況に泣きたいのは何も古閑だけではない。終始にこやかな惣輔はもちろん、気が抜けたように惚けているルイの様子も気になるのだが、下手に口を開くとどこに飛び火するかわからないので話もまともに出来ないのだ。

それでも状況はまだマシな方だろう。もし古閑がいなかったら、惣輔に家族会議を開かれているか、ルイにまた意味不明なことをまくしたてられているか。またはその両方に苛まれていたか、だ。

(誰か、この現状を打破してくれ…)

ほとんど無言のババ抜きが、これほど心臓に悪いとは今日まで知らなかった。

ふいに惣輔の携帯が鳴って、ようやくゲームが一時中断する。携帯を手にベランダに出ていくその後ろ姿を見ながら、日夏はずるずるとソファーに背を滑らせた。

「きっついな、この耐久レース…」

「おまえな、俺は無理やり参加させられてんだぞ?」

日夏の隣で胡坐《あぐら》を掻きながら、古閑が扇状に広げたカードではたはたと自身に風を送る。

「心の準備も何もなかったんだぞ?」

「悪い、謝る。でも、すっげー助かってる……サンキュ」

「あれ、そこでそんな素直な態度?」

いつになく殊勝《しゅしょう》な日夏の様子に調子が狂うのか、古閑は眉間に寄ったシワを空いている左手でちょいと摘んだ。何だかんだ言っても、古閑は面倒見がいい。一緒に暮らしていた日々の積み重ねなのか、日夏が本当に弱っている時の見分け方も心得てくれている。そういった意味では一緒にいて一番気が楽な相手だった。

ワックスで散らした癖の強い赤毛は、日夏の髪色よりも明るい。ウィッチの特性が強く出るほどに髪は赤く、瞳は緑色に染まった子が生まれてくるのだという。女流血統であるウィッチにおいて、明るい髪の男はそれほど多くない。日夏よりも明るい虹彩を持った切れ長の瞳も、古閑の能力の高さを示していた。左目の下に彫られた小さな蛇《へび》の刺青《いれずみ》を節の目立つ指が、癖のように撫でつける。

「それにしても、ゴッツイ父ちゃんだな」

愛嬌《あいきょう》のある吊り目に沿った柳眉《りゅうび》を、古閑が器用に片側だけ上げてみせた。

「まあな…」

「一尉におまえ譲ってよかったとか、ちょっと思った」

「……父親なんていた例《ためし》がねーからさ。いろいろ慣れねーよ。勝手がわかんないっつーかさ」

素直に漏らした日夏の本音に、古閑が薄い唇の片端をクッと引き上げる。

そういう酷薄げな笑みがトレードマークでもある古閑だが、一見は同じに見えるその笑みにもいくつか種類があることを日夏は知っている。自分も三年間、誰よりも身近でこの男を眺めてきたのだ。

古閑が浮かべた同情を含む憂いに、そういえばこの男から家族の話を聞いたことがないなと、ふいに思い出す。京都《きょうと》にある実家を離れ、一人暮らしをしている理由も聞いたことがない。必要であれば向こうから言い出すだろう、と思っていたので自分からは訊ねたことがなかった。

「俺もあんま父親と触れ合った経験はねーなぁ」

「とりあえず世間一般の父親は、あそこまでウザくねーよな?」

「日夏が可愛くて仕方ないんじゃね?　ずっと会いたかったんだろうし、そのためにあんな傷だらけになったんだろ?　そういうのは掛け値なく、信じてもいいと思うけどな」

意味もなく手持ちのカードをシャッフルしながら、古閑が真面目な調子で返してくる。それに釣られたように日夏も気づけば、ぼそぼそと正直な心情を吐露《とろ》していた。

「まあ、そういうふうに思ってくれてたってのは嬉しいんだけどさ。肝心の俺に実感ねーんだもん。思い出話とかされてもぜんぜん覚えねーし、母さんの話とかされてもどう反応していいかわかんないし。それでたまにつらそうな顔されっと、こっちが堪んなくなる…」

過剰《かじょう》なスキンシップにしろ、鬱陶しい言動の数々にしろ、そのおかげでコミュニケーションが取れているのだなと初めて思い至る。惣輔なりに気を遣った結果があれなのかもしれない。

そう思うと、余計にどう反応していいのかわからなくなってくる。

「──日夏、父ちゃんのこと好きなんだな」

「ああ…？」

思いがけない古閑の言葉に思いきり片目を歪めると、日夏はあり得ないとばかり首を振った。

「ないだろ、それ。好きも何も考えたことねーよ」

「や、だってどうでもいいやつのこと、そんなふうに思い悩んだりしないだろ？　俺、父親のことで考え込んだことねーもん。お互い興味ねーしなぁ」

「そーいうもんか？」

「おう、少なくとも古閑家の場合はな。日夏の話聞いてっと記憶がないのが悔しいって聞こえるよ、俺には。父親の存在を実感したいのに出来ないから拗ねてるっつーかさ」

「……ガキじゃん、それ」

「バーカ、俺らまだシックスティーンよ？　いんじゃねーの、あちこち青くて」

シャッフルにも飽きたのか、手札をテーブルに揃えて置くと古閑は眠そうな欠伸《あくび》を一つその場に転がした。そこでちょうどベランダに出ていた惣輔が戻ってくる。

「悪い、ちょっと急用。そこまで出てくるワ」

折り畳《たた》んだ携帯を懐に忍ばせると、惣輔はゲームオーバーの合図代わりか、自分のカードをまとめてテーブルの中央に捨てた。

「勝ち逃げかよ？」

「いつでもリベンジしてこいって。だいたい、一人すでに戦線脱落してるしな」

惣輔が顎先で示した先では、ルイがうつらうつらと舟を漕《こ》いでいた。このまま熟睡モードにシフトチェンジするのも時間の問題だろう。本当によく寝る狼だ。

「じゃ。古閑くんだっけ？　日夏をよろしく」

パタパタと身支度を整えるなり、惣輔は古閑に向けて親しげにニッと微笑んでみせた。

（ん…？）

さっきまでその無駄にでかい長身を覆っていた不穏なオーラが、いまはなぜか急激に和らいでいる。広げた手札で口もとを隠したまま、日夏はじっと傷だらけの横顔を見つめた。それに気づいているのかいないのか、惣輔は至って普通の態度で「それ」とルイを指差した。

「寝込むようならベッド運んどけよ。こっちきてからどうも恋煩《こいわずら》いが悪化してきてんなぁ…」

「これ、恋煩いの症状かよ」

「うーん、一種の現実逃避《とうひ》？　こっちがどうこう言えるもんでもねーしな。ま、そこは様子見で」

最後にまた古閑に「よろしくな」と言い置くと、惣輔は慌ただしくマンションを出ていった。車のキーも持って出たので、わりに遠出をする気なのかもしれない。

(帰りが何時になるかくらい言ってけよな…)

と思わずぼやいた心中に我ながら驚く。二日目にして、この共同生活にもう馴染みはじめている自分が不思議だった。昨日の今日なのに、すでに居心地は悪くないのだ。

家族と暮らしていたらこんな感じなのかな、と少しだけ思う。口煩く過干渉な父親と、子供じみて生意気な弟、その間で板挟みになる自分。役割的にはそんなところだろうか。

(あとは実感さえ伴えばホンモノっぽいのにな…)

ルイはともかく、惣輔は血が繋がっているのだから——。

古閑の言葉は存外、的を射ていたのかもしれない。実の父親なのにそうと思えない己が歯痒く、口惜しいのだ。六歳までの日々を彩っていた思い出が、何一つ鮮明に思い出せないことも。

両親について、かろうじて残っている感慨や情景も、どれも確信が持てるほど確かな記憶ではない。ピクニックにいったような思い出。母親の笑顔。淡い陽炎《かげろう》のような記憶たち。憧《あこが》れがあとから作り出した妄想じゃないと誰が言いきれるだろう？　惣輔の記憶と照合出来るほどの鮮明さが、断片でも残っていればよかったのだ。そうすればまだシンパシーも得られたろう。けれど、どれも蜃気楼《しんきろう》のようにあやふやなものでしかないのだ。

「お、落ちたな」

完全なる熟睡体勢に入ったルイを古閑が寝室まで運ぶ。夜になって一尉からの連絡が入るまで、日夏は古閑と二人でリビングのテレビをただ漫然と眺めるだけの時間をすごした。

日夏のリクエストでカレーチェーン店を回ってきた一尉が現れたのが午後八時。惣輔が出ていってからすでに二時間以上が経過していた。ルイが起きてくる気配もないので、三人で夕食を済ませてから今後の予定を少し話し合う。

新たにわかった事実は二つ。金狼とブレスの確保に向けて動いている闇ブローカーがあらかた割れたこと。いまのところ積極的な動きを見せているのはその一グループしかいないらしい。ただ向こうはまだ確実な情報をほとんどつかめていないらしく、迷走している気配がある、とのことだ。

大事を取って明日の終業式もすでに欠席する手筈《てはず》を整えたと言われて、明日からここに缶詰になる実感が急に湧いてきた。

「うまくすれば敵を牽制したまま、今月を終えられると思うよ。だから不用意な外出は出来るだけ控えて欲しいんだ。日夏も、ルイもね」

「俺はともかく、あいつが大人しく言うこと聞くとは思えねーんだけど」

「日夏の言うことならたぶん聞くんじゃないかな。ずいぶん懐かれてるみたいだし」

「……やっぱ俺、懐かれてる?」

「君にずいぶん興味があるみたいだよ。今朝もそうだけど、誰かにあんなふうに纏わりついてるルイなんて初めて見たし。日夏に訊きたいことがいっぱいあるんだって、医務室でも言ってた」

「昨夜の質問タイムのことか…」

「かな？　君が途中で寝ちゃったから、朝までいろいろ考え込んでたらしいよ」

寝不足の原因はどうやらそこにあったらしい。ルイはルイなりに自分の思いを分析しようと一生懸命なのかもしれない。

一尉がルイ用にと買ってきた金平糖《こんぺいとう》の袋を手の中で転がしながら、日夏はフム…と息をついた。

（しゃーねえ、今度はもう少しちゃんと聞いてやっか…）

朝のお返しとばかり中から一粒を摘むと、それを口の中に放り込む。硬く冷たい尖りを口中で転がすと、じんわりとした甘さが舌に沁みていった。

少し前にＣＳに切り替えられたチャンネルからは英語の台詞がきりなく流れてくる。一通りの打ち合わせを終えたところで、古閑は少し離れた場所で洋画の筋を追うことに集中していた。ガラステーブルを挟んで向かい合った一尉が、手にしていたマグカップの底をコトンと鳴らす。

「俺もこの先、わりと慌ただしくなりそうなんだ。月末のパーティーの打ち合わせもあるしね。でもなるべくこっちに顔出すようにするから。欲しいものがあったら何でも言って」

「ん……でもおまえ、体調平気？　それに、ヒートだってきてたし……」

微妙な会話になってきたのを察してか、古閑が「ちょっと缶コーヒー買ってくらー」と小銭をちゃらつかせながら席を立った。つけっ放しのテレビがちらちらとした明かりを部屋中に散らす。玄関の扉が閉まるのを待ってから、日夏は「ごめん…」と声を弱らせた。

「おまえ、ヒートなのに……俺…」

「大丈夫。日夏以外を相手にする気はないから、久しぶりに薬をのんでるよ。ただ副作用でやたら眠くなるのが難点なんだけどね」

そう言って微笑んだ顔がすでに憔悴《しょうすい》の影を帯びている気がして、日夏は触れられない両手をぎゅっとテーブルの下で握り締めた。今日一日だけで、もうかなり堪えていた。

一尉に触れられない、ただそれだけがこんなにつらいなんて想像だにしていなかった。

いま目の前にいるのに、触れて確かめることが出来ない。声は聞けるのに、唇のわななきに触れることも叶わない――。あたりまえのように触れ合っていた日々が遠い昔のように思えた。

この頰に手を添えて、唇を重ねて、そっと胸を合わせ、互いの鼓動を肌で感じる。

ただそれだけのことがいまは夢物語のように思える。

これがこの先、二週間続くのだと考えると気が遠のきそうだった。

(俺、間違ってたのかな…)

自問に返していた答えが、初めて揺らぐ。

意地を通すより大事なことが他にあったのではないだろうか?

こんな無理を相手に強いてまで、証明せねばならないことだったのだろうか?

「ごめんな……」

ここで泣いても一尉を困らせるだけだ。滲みそうな涙を堪えてその場を立ち上がると、日夏は大きく息を吸って一尉に背を向けた。

「俺のワガママにつき合わせてホントごめん…。いつも俺が何かしでかして、おまえがそのフォローに回るんだよな。いい加減、俺も学べっつー話だよな…」

声が詰まりそうになって慌てて上を向く。見上げた照明はすでに輪郭を歪ませはじめていた。

一尉がゆっくりとした足取りで日夏の前に立つ。

「——でもね、日夏。俺も知らなかったことがあるんだよ」

優しい声音に耳を澄ませながら、日夏は涙で膨張《ぼうちょう》した視野をじっと天井に据えていた。

「誰かを守るために自分が犠牲を払うのは当然なんだと思ってた。でもそうやって守られるのも、けっこうつらいものなんだね。俺も君にずっと同じことをしてたのかなって今回反省した」

そんなことない、と首を振った仕種で涙が零れる。

一尉と自分とでは動機が違う。常に己ありきで動く自分と違い、一尉は相手のことを第一に考えて動いてくれていたはずだ。今回のことだって発端《ほったん》にあるのは己の浅はかな衝動なのに…。先々を見据えて動く一尉とは、何もかもが違う。

「でも守りたいと思うのも、誰かに守ってもらうのも嬉しいことだね。すごく」

「嬉しい…？」

「うん。こういう気持ち、日夏に会うまで知らなかったから。誰かを守りたいと思ったのも、こんなふうに誰かに守ってもらうのも、全部日夏が初めてだよ」

瞬《まばた》きで零れた涙が次々に頬を伝い落ちる。堪えきれずしゃくり上げると、一尉がポケットから出したハンカチを差し出した。一尉の指先が触れている角とは対極の角にそっと指を添える。引こうとした指先に返ってくる軽い抵抗——それがいまの自分に感じられる一尉の存在感のすべてだった。

折り畳まれたハンカチを通して、指先を繋いだまま。

「だから二人で乗り越えよう?」

そう囁かれて、日夏は声もなく何度も頷いた。

涙が止まらなくて、子供のように声を上げて泣きながら日夏はずっとハンカチの端を握り締めていた。ややして見かねたように、一尉がつかんだままのそれを持ち上げて濡れた頬に押しあてる。間違っても自分の指が触れないように、細心の注意を払いながら。

リビングでのその光景を、玄関から続く廊下から古閑と惣輔が、奥の部屋の薄く開いた戸の隙間からルイがそれぞれ見守っているのを知らないままに、日夏はしばらくの間泣き続けた。

(明日、目ェ充血してそう…)

ようやくのことで完全に泣き止めたのは、十時近くになってからだ。無闇に擦らなかったおかげで目もとが腫れる心配はなさそうだが、冷水で晒してもまだ頬や眦《まなじり》に涙の感触が残っていた。

玄関の方で足音がして「ただいま〜」という呑気な声が二重奏になって入ってくる。近所のコンビ

ニでばったり会ったのだという古閑と惣輔に、日夏は「あっそ…」とだけ呟いて目を逸らした。

なぜか惣輔と意気投合している古閑に面食らいつつ、そろそろ帰るという二人を見送る。下までいくと別れがつらくなりそうなので、日夏は玄関までに留めておくことにした。

「じゃあ、また明日」

「ん。帰り気をつけてな」

つい昨日まで一緒に住んでいた相手に言い慣れない言葉を口にしながら、それでも笑って送り出せる自分がいることに日夏は安堵を覚えた。もうこれで大丈夫だ、という安心感が胸にある。

二人の背中が廊下の角を曲がるのを見届けてから、静かに玄関の扉を閉める。リビングに戻ると、惣輔が缶ビールのプルタブを引き上げたところだった。

(寝室に戻ってもルイが寝てるだけだしな…)

日夏は少し考えてから、向かいの2シーターにもそもそと腰を下ろした。ちょうどクライマックスを迎えたらしいテレビ画面に無言で目を留めながら、冷えたマグカップに手を伸ばす。

「これのリメイクもとになってる映画な、深冬とおまえと三人で観にいく約束してたんだぜ? なのにその前日に婆さんとこの追っ手がきてなぁ……夜逃げ同然に逃げるはめになっちまって、けっきょく観れなかったんだよ」

「……へーえ」

「で、おまえがその約束すっげー楽しみにしてたから悪いなぁと思って謝ったら、笑うんだよ。こっちの方がよっぽど映画みたいで面白いからイイって。おまえ連れてホントあちこち逃げ回ったけど、いつも笑ってたな、おまえ。それに救われてたよ、俺も深冬もさ」

CGで作り込まれたシーンから目を逸らさないままに、惣輔が淡々と言葉を紡《つむ》ぐ。日夏もじっと画面を見つめたまま、穏やかな声を聞いていた。

「ま、おまえには俺が親父だって感覚ないかもしんねーけどさ、これだけは言っとくな？」

「何だよ」

「俺はおまえを自慢の息子だと思ってる」

「え…？」

「おまえが俺の息子でよかったって、心底思ってるよ。ありがとな」

真面目な口調でそう締め括られて、日夏は声を失ったまま惣輔の横顔を見つめた。

（とかいって、またすぐおちゃらけたこと言ってくんだろ…？）

いつものようにそうやって誤魔化してくるに違いない、そう踏んでいた日夏の予測を裏切って、惣輔はその余韻を引き摺《ず》ったままビールを飲み干すと「んじゃ、おやすみー」と、寝室に消えてしまった。一人取り残されたリビングに、日夏の呟きだけが響く。

「……何だよ、いまの」

妙にくすぐったい心地がして、日夏はその後しばらくソファーで一人膝を抱えていた。

7

気づけば一週間以上が平穏なままにすぎていた。

一尉や古閑たち、それから惣輔が持ち込んでくるゲームやＤＶＤ、そういった室内遊戯もそろそろやり尽くした感がある。あの日以来、寝てばかりだったルイも単調な日々に飽きはじめたのか、たまに人の目を盗んで無断外出しようとするので油断のならない時分でもあった。

「だーから言ったろ？　おまえを狙ってるやつらがいるんだって」

リビングで昼寝してた日夏の傍を、抜き足差し足で玄関に向かおうとしていたルイの首根っこを引っつかむ。黒いVネックのノースリーブにオリーブ色のハーフパンツという、数十分前までとは明らかに違う装いに、日夏はひくりと眦を震わせた。

「いちいち手間かけさせんなよ」

「そんなのは百も承知だ。外に出たって、気配さえ絶てばいいのだろう？」

「おまえね、俺が知らないとでも思ってる？　体の不調のせいか知んないけどな、隠してるつもりのその気配が、途切れ途切れに漏れてんの外に。ぜんぜん絶ててないから」

「そこまで敏感なのは、おまえくらいだ」

「バーカ、気配が消せなきゃあちこちで目につくだろ？　おまえ目立つんだから自覚しろよな…」

七月も四週目に入り、さらにウィークエンドも目前に迫っている。今週だけでも何度この押し問答をやったことか。来月に入った時点でルイは惣輔とともにアカデミーに戻る予定でいるのだという。ブレス同様、とにかく月末までの安全を確保出来ればいい計算になる。しかし当の本人がこの調子なので、下手をすれば最悪の目が出る可能性もある。

「なあ、あと数日の我慢だろ？　また迂闊《うかつ》に出歩いてザルツブルクみたいなことになったら、今度こそ外出許可が凍結《とうけつ》されるかもしんないってオッサンも言ってたじゃねーか。いいのかよ？」

「よくはない。けど退屈にすぎる」

（ほんっとワガママだよな、こいつ…）

黙っていれば「絶世の美少年」といった形容詞がこれほどなく嵌まる容姿なのに、口を開くとこれだ。この口調もずっと聞いていると次第にイライラしてくる。日夏とルイが衝突するのも初日以降、恒例になってきているので、いまでは誰も二人の口ゲンカに嘴《くちばし》を挟もうとはしなかった。と、いうよりルイが惣輔を含めた他の面々には驚くほど素っ気ない態度を取るので、最終的にこのお子様を宥める役はいつも自分に回ってくるのだ。

（あーも、面倒くせえ…）

日夏が口出ししなければ、ルイは平気で外を歩き回るだろう。そんなことになれば即捕獲《ほかく》だ。

ルイの素性がいつのまにか相手側にも伝わったようで、「恋するキメラ」のサンプル価値は先週よりもだいぶ跳ね上がっているのだという。稀少な愛玩動物という観点よりも、貴重な研究サンプルとして需要《じゅよう》の高い存在になっているらしい。

「だいたい捕まったところで研究所に売られるんなら、アカデミーにいるのと大差ないだろう?」

「――でも、好きなやつには二度と会えないぞ」

この押し問答はたいがい、日夏のこの台詞で終結を見せる。

これは本人にも直接訊いたことだが、金狼はやはり恋しい誰かに会うためにわざわざ海を越えてやってきたのだという。それが一尉でないことはすでに確認済みだ。

一尉の寝込みを襲っていた翌日に、その辺りについては詰問《きつもん》したので間違いない。

ルイ曰く、一尉は好きな相手に面影が似ているのだという。だからアカデミーでのマッチングテストでも一尉を指名したのだと明かされた。でも顔が似ているだけで中身はぜんぜん別物だ。

「おまえ、あんなののどこがいいんだ…?」

と、またしみじみ零されたので恋心といった感情は欠片もないらしい。

ならどうしてあんな行動に出たのか問うと、予想外な言葉が返ってきた。

「一尉に触れれば、おまえの気持ちが少しはわかるかと思ったんだよ」

「俺の気持ち?」

「おまえの恋は両思いなのだろう? 僕には恋という概念がそもそもよくわからない。だから一尉に近づくことで、おまえの思いを疑似《ぎじ》体験出来るかと踏んだんだ」

「……出来るわけねーだろ」

「そのようだな」

隼人もたいがい天然だが、こちらは純粋培養《ばいよう》の天然だ。その比じゃない。

自分の思いが本当に恋なのか、この思いをはたしていつまで抱えていればいいのか、それを確かめる意味もあって惣輔に半ば強引にくっついてきたのだという。

(そんだけ一喜一憂してりゃ充分恋だと思うけどな…)

その相手とは三年前にザルツブルクで出会ったのだと、話のついでに日夏も聞かされた。

アカデミー関係のパーティーにめずらしく連れ出されたはいいが、あまりに退屈でルイはその間中ずっとバルコニーで不貞腐《ふてくさ》れていたのだという。そんなところに声をかけてきた日本人に、一目で恋に落ちてしまったらしい。見た途端にストンと何かが胸に刺さったのだ、とルイは大真面目な顔で力説してくれた。だがルイの素性を知るや掌を返した相手に、ルイ少年はいたく傷ついたらしい。それでも、と必死に縋ると、その相手は「じゃあ日本語をマスター出来たら考えてもいい」と気紛れな条件をつけてきたのだという。

すぐに自分を連れてきたアカデミー関係者にいまの出来事を話すも、そんなのは恋じゃなくてただの錯覚だと言われて、ルイの頭は混乱を極めた。すでにパーティーを辞した相手にもう一度会いたいがために会場を抜け出すも、不慣れな街の中ですぐに迷子になり、そのうえ自分を狙う輩《やから》にまで囲まれてしまい途方に暮れていたのだという。そんなところにちょうど惣輔が現れたらしい。

『自分に日本語を教えてくれたらアカデミーに推《お》してもいい』

それが惣輔との交換条件だったのだとも聞いた。それから一年も経たず日本語を覚え、もう一度その相手に会う機会を得るも、ルイの本気を知るや、相手には「応えられない」と突っぱねられてしまったらしい。それでも忘れられないのだ、とルイはトパーズの瞳を切なげに揺らした。

気づけば第二次性徴の手前で長年止まっていた体も出会いの日から相応の変化を見せ、恋心ともあいまりルイにまた新たな混乱をもたらしているようだった。

ルイには同じ研究所に双子の弟がいるのだという。見た目の年齢はほとんど変わらなかった弟と、いまではずいぶん差がついているらしい。

キメラの生態には魔族とはまた違う「半陰陽」という性質が含まれるらしく、外見上がどちらの性別でも恋に落ちた相手に合わせて、容姿から性別からすべてが『変化』するのだと一尉には聞いていた。だが、自分の性別はなぜか「雄体」から変化しないのだと、ルイは悄然《しょうぜん》とした面持ちで呟いた。

その言葉を聞いて、ルイの思い人も同性であるらしいことを知る。そんなこともあり、半陰陽であり同性との婚約が間近な日夏の境遇に、最初から興味を抱いていたらしい。

「じゃあ、生殖は無理ってことか…?」

「いや、調査の結果では体はすでに『成熟』を迎えているから、雄体の身でも生殖自体は可能なんだそうだ。ベースになっているのは魔族の半陰陽だからな、おまえの身とそう大差ない」

「なるほど。でもその相手以外じゃ受胎《じゅたい》しないいんだろ?」

「そう聞いている」

「つーか、恋に落ちた相手と結ばれなかったキメラはどうなるわけ？」

「恋を諦めない限り、そのまま年老いて死んでいくだけだ。だから研究所の連中も焦って、ダメもとでマッチングテストなんかをくり返しているのさ。一人でも子供を生めば、アカデミーに繋いでいる鎖を解いてやると言われている。キメラから生まれる子供は相手が何であれ、キメラになるからな。あいつらは所詮、僕のことなどそんなふうにしか思っていないわけだ」

「オッサンも…？」

「ああ、惣輔は違うな。あいつが僕の主任担当になってからはちょっとだけ自由が増えたぞ。何やらあいつがいろいろと交渉してくれたようだな。――というより、アカデミー自体が僕への興味を少しずつ失いつつあるのかもしれんがな」

「ふうん…」

　恋に落ちたキメラの成長を止める手立てがないものか、それが自分に課された命題なのだ、とはあとになって惣輔から聞かされた。だがその研究よりも、惣輔自身はルイの心の動きや本来の生態に興味があるため、そちらの分野には熱心には手をつけていないのだという。そうして埒が明かないまま三年がすぎ、日に日に成長を遂げるルイにいまでは周囲も諦めムードになってきているらしい。このままアカデミーで老衰《ろうすい》するのを待つしかないだろう、と。

「でもおまえ、その好きなやつに二回しか会ったことないんだろ？　しかもフラレてんじゃん」

「そうだな」

「話を聞くにそいつ、碌なやつじゃなさそうだし。新しい恋を他に探した方が、おまえのためにもいいんじゃねーの？　キメラの恋って一度限りじゃねーんだろ？」

「――ジュンのことを悪く言うな」

傷ついた口ぶりでそんなことを言われてしまっては、もう続ける言葉が見つからない。

（ま、そうだよな…）

こと恋愛に関しては、当事者以外がとやかく口を出しても何もはじまらない。

惣輔が「様子見」と言っていたのもそういう意味合いなのだろう。――だったら息子の恋愛にも首を突っ込んでこなければいいのに…と思うも、惣輔のことだからそんなことを言えば「父親は立派な当事者だ！」とか真顔で断言してくるに違いない。

「その相手ってババアのパーティーの出席者なんだろ？　会ってどうする気なんだよ」

「自分でもよくわからない。でも会うことで、何か結論が出そうな気がするんだ」

「結論ねぇ…」

確かにいまの思いにルイが見切りをつけない限りは、前にも後ろにも道はないのだ。進みも戻りも出来ずに死ぬくらいなら、もう一度きちんとぶつかってみればいい。そうしなければ新しい恋もはじまらないだろう。

「今度フラレたら諦めるのか？」

「――わからない。だが本音を言えば、僕だって両思いになってみたい。おまえと一尉のようになり

腹立ち紛れにデコピンをかますと、そんな攻撃は初めて受けたのか、ルイが驚いた猫のように両目を丸くした。そのあと烈火のごとく怒ったルイと、真夜中にもかかわらず今度は取っ組み合いのケンカになり、隣室の惣輔の睡眠を妨げるほどの騒動になったのが先週末の話だ。

どうもあれ以来、本格的に懐かれてしまったような気がしてならない。

渋々ながら外出を諦めたルイが、不貞腐れた体《てい》で2シーターの座面に転がる。そこでちょうどインターホンが鳴った。数字のロゴが入ったアイスの箱を手に入ってきた一尉に、ルイと日夏がそれぞれ違う理由で顔を輝かせる。

「一尉っ」

「アイス！」

子供にはさっさと好物を与えておくに限る。

アカデミーでは甘味に不自由しているのか、ルイは放っておくと甘い物しか口に運ばない。再三口を酸っぱくして、最低でも一日に一度は栄養のありそうな食物を腹に収めさせているのだが、その時の表情を地獄の閻魔《えんま》にたとえるならば、いまの表情は天上で羽ばたく天使のごとくだ。

「それ食べて部屋で大人しくしてろよ。食べていいのは三つまでだからな？」

子供に言い含めるようにして、皿に移した丸い三色のアイスを持たせる。

まるでお母さんだね、という一尉の感想が悲しいほど的を射ていて、日夏は思わず脱力した。

「確かに母親疑似体験、的なとこはあるな…」

「予行演習だと思ったら？」

「え？」

「言ったでしょ、俺は日夏と家庭が作りたいんだって。子供は何人がいいかなぁとか、俺はたまに考えるんだけど日夏はどう、男の子がいい？　女の子がいい？」

リビングのテーブルで向かい合ってそんな話をしていると、何だか本当に具体的な「家族計画」の話をしているようで気恥ずかしくなってくる。目もとを赤く染めた日夏に柔らかな笑みを向けると、一尉は「でも、そうだなぁ…」と静かに続けた。

「しばらくは二人がいいかな。子供が生まれたら日夏を独り占め出来ないもんね」

「……そういう話を普通に持ち出してくるなよな」

先週、八重樫が差し入れてくれたティーポットとカップのセットで、隼人が持ってきてくれた紅茶を淹れる。ここ一週間で妙に生活臭の出てきた空間で二人で紅茶なんか飲んでいると、何だかのんびりした気持ちになってきてしまう。

触れられないのは相変わらずだけれど、気持ちが満たされているからだろうか。得体の知れない不安や焦燥に押し潰されそうな心地とは、この一週間無縁でいられた。

「リストバンドは？」

「あー、蒸《む》れるから外出る時だけ嵌めてる」

ここ数日はずっと屋内にいるので、ブレスの銀色にもずいぶん目が慣れた。

けっきょく針の傷みを味わったのはあの一度だけだった。ルイに指摘されて気づいたのだが、禁を犯して血を流すほどに、どうやらムーンストーンの色が赤みを帯びていくらしい。言われてみれば最初よりも、いまの方が薄いピンク色に染まっているような気もする。

『試練』については八重樫がずいぶん探った結果、期日を待たずとも外れる方法があるらしいことまではわかったのだが、その肝心な方法がわからず調査は暗礁《あんしょう》に乗り上げたままだった。どうもアカデミーに所蔵されるのが早く、文献にあまり実用例が載っていないらしい。

もっともそんな方法がわかったところで試す気はないけれど。

(残りあと五日だ)

その間だけ我慢すれば、ブレスは自《おの》ずと外れるのだ。

『ブレス、外してやってもいいぞ?』

先週末の時点で惣輔にはそんな提案を一度持ちかけられたが、日夏はそれを突っぱねた。

どうやら惣輔としては日夏と一緒に暮らせているだけでも感無量らしく、一尉との婚約についてもどこで意識の変革があったものか、いまはそれほど反対という姿勢でもないらしい。それでもここで頷くのは何かが違う気がして、日夏は頑《かたく》なにその申し入れを拒んだ。

「あんたが言い出したことなんだから、あんたの覚悟が最後まで保たなくてどうすんだよ?」

「……おまえのそーいう意地っ張りなところはホント深冬そっくりだな」

そう言いながら抱き締められそうになったので反射的に蹴り飛ばして逃げてしまったのだが、惣輔のやたらと接触したがる愛情過多なスキンシップも気づけばずいぶんなりを潜めていた。

実感というよりも慣れだろうか、惣輔と一緒にいる時間に違和感を覚えることもなくなっていた。幼い頃の記憶を取り戻さない限り「お父さん」などと呼べる日はこないと思うが、それはそれ、これはこれなのかもしれない。いま重ねている日々も、着実に思い出になっているのだから。

「そういやおまえの親父はくんの？　あのトラブルメーカー」

ふいに思い出した顔に、日夏は胡乱げに片目を眇めた。一尉の実の父親には、先々月えらく振り回された覚えがあるので出来れば会いたくないのだが…。

「ああ、あの人はカリブ海でバカンス中――……だったんだけど、どっかで脅迫状のことを聞きつけたみたいでね、面白そうだから顔出すって言ってたよ」

「違う日にち教えとけよ、違う日にち」

「残念ながら、招待状がもう届いてるらしくてね」

今月はすでにこれだけトラブル続きなので、充分おなかいっぱいの気分だ。これ以上の何かは持ち込んで欲しくない。どうか途中で気が変わって顔出しませんように、と星に願いたい気分だった。

「あ、飲む？」

「いただこうかな」

中身の少なくなっていた一尉のカップにティーポットの注ぎ口を傾ける。

「たっだいまー」

そこでちょうど元気溌剌とした惣輔が帰ってきた。だがリビングにいる二人の姿を見るなり「新婚家庭かよ…」と顔を顰める。婚約に対してだいぶ態度は軟化したものの、日夏と一尉がそういった雰囲気を目の前で醸《かも》し出すのにはまだ抵抗があるらしく、こういう場面に出くわすと父親としての主張をクドクドと垂れ流してくるのがこのところの定番だった。

「いいか、この二週間は俺のものなんだよ。日夏の優先順位は俺、わかってるか？」

「もう残り少ないですけどね」

「だーっ、その少ない時間を父親に譲れっつーの！」

子供さながらに地団駄を踏む惣輔を宥めるように、一尉はその場に立ち上がると「今日はそろそろお暇《いとま》しますよ」と軽く頭を下げた。

「え、もう帰っちゃうの？」

「このあとパーティーの打ち合わせがあるんだ。それに大掛かりな作戦の話も出てるからね…」

「作戦？」

「うん。詳しくは明後日《あさって》、皆が集まった時に話すよ」

それ以上は語らず玄関に向かう一尉の背中を、日夏は二歩遅れで追いかけた。ローファーに爪先を入れた一尉が外に一歩踏み出したところで、お気に入りのスニーカーを履く。

「下まで送る」

「ありがとう。リストバンドは？」

「抜かりねーよ」

ポケットから出したリストバンドをしっかり手首に嵌めてから、日夏は一尉が支えてくれていた扉の隙間から外へと走り出た。少し外に出ないうちに、陽射しがますます夏らしくなっているような気がする。クーラーの効いた室内で冷えきった肌には、外気の温さが逆に心地よかった。

「体調は平気？　疲れてないか？」

「うん、どうにかね。それより君が恋しくて死にそう」

「……それは、俺もです」

下降するエレベーターの中でぼそりと呟くと、日夏は切なく濡れた目を足もとに俯けた。面と向っては言えないけれど、それは紛れもない本音だった。

四月にヒートを迎えて一尉と体を重ねてからというもの、ここまで独り寝が続くのは初めてだった。バスルームで一人でしてもどうにも足らなくて、毎夜切なさと小さな疼きに苛まれるのだ。

一尉が相手でなければ散らせない衝動が、体のあちこちで渦を巻いている。

「——そこでそんな顔されても困るよ、日夏」

「おまえが話、振るからだろ…」

「ごめん、つい本音が。こんなに君に触れないでいるの、初めてだからさ」

そう言って傾いだ双眸も切なさと仄かな欲情に濡れていて、日夏はキュン…と疼いた下腹部をそっと片手で押さえた。

(あと少しの我慢だ、俺…)

染まりかけていた頰をもう片手で隠したところで、ポーンとエレベーターが一階に到着した。無人のロビーを通りすぎ、エントランスのガラス扉を抜けて——ふいにそこで一尉が足を止めた。

ゆっくり振り向いてから、目の高さに持ち上げた掌をガラスの表面に添える。エントランスの内側からそれを見ていた日夏に向けて、涼やかな笑みが浮かべられた。

「夏休みの後半、二人でどこか出かけようか」

「どこかって?」

「そうだな、海の見えるコテージとかいいかな」

「あ、いい。バケーションぽい、それ」

「じゃあ候補地リストアップしとくね。日夏も他にいきたいところがあったら教えて?」

「ラジャ!」

「——早く来月になるといいね」

ガラスに手をついたまま、一尉が静穏な瞳を少しだけ俯ける。

二人が黙った分、蟬《せみ》の声がやけに大きく聞こえた。

(今日の思いも、あの日の涙も、いつか笑って思い出せる記憶に変えられますように…)

日夏もガラスに手を添えると、一尉の掌にピタリと自身のそれを重ね合わせた。

じんわりとした温もりが、ガラスを通して伝わってくる。

それを無言で嚙み締めながら、日夏はじっと藍色の虹彩を見つめた。その中に書き込まれた、いまだ完全には消えない危惧や不安は自分のものでもある。

でも一人じゃないから、こうして立っていられるのだ。

「頑張ろうぜ？」

「そうだね。あと少しだ」

「うん」

互いを励ますようにそう言い合ってから、どちらからともなくガラス扉から手を離す。

そのまま一歩後ろに引くと、日夏は下げかけていた手をもう一度上げてVサインにしてみせた。

「ちなみに来月は鯵丼もよろしく？」

「そうだった。じゃないと食い逃げになっちゃうもんね」

一尉の軽口に「バーカ！」と返すと、日夏はヒラヒラと手を振って一尉を送り出した。

翌々日の作戦会議に顔を出したのは、オールメンバーの顔触れだった。

リビングのソファーベッドに日夏と古閑、隼人が並んで座り、ガラステーブルを挟んだ2シーターに八重樫と一尉がそれぞれ腰を預けている。その合間に置かれたオットマンにルイが行儀悪く胡坐を搔き、テーブルにはなぜか惣輔までもが興味ありげな顔で両肘を突いていた。

もともと惣輔自身はパーティーに招待されていなかったはずなのに、どんな手段を使ったのか、その権利をどこからか手に入れてきたらしい。一尉と二人でこそこそと話しているのを何度か見かけたので、恐らくはその筋からだろう。本家に関しての渉外はけっきょく一尉に全任してあるので、どんな条件のもとに惣輔が大手を振って参加出来る身分になったのかは知らないが、それはそれで心強いような気がしている辺り、自分もずいぶん惣輔に毒されているようだ。

「つーことでパーティー当日に、敵を誘《おび》き出す算段だけはつけてあるから。あとは向こうが乗るか蹴るかってところなんだけどね。俺の見立てでは九割乗ってくるかな。まあこなかったとしても、その時は気楽にパーティーをエンジョイって感じ?」

作戦の細かい部分については、一尉と八重樫との間でもうだいぶ話が詰められているらしい。そんなこともあってここ数日の一尉は特に忙しくしていたのだろう。

「ところで僕は何をすればいいんだ?」

「あ、俺は? 俺も何かやることないの?」

「あー、金狼は目立たないようにしてくれればそれで。親父さんには普通にパーティーを楽しんでもらえれば何よりです。ただこういう話が裏で動いてるのだけ、把握しててもらえれば」

目立ちたがりの二人をメガネがうまいことあしらうのを聞きながら、日夏は向かいに座る一尉の面立ちに視線を留めていた。続いてガラステーブルに船内の見取り図を広げながら、八重樫が作戦のポイントを説明しはじめる。だがその声もいまは耳に留まらず流れていくだけだ。

（ちゃんと寝てんのかな、こいつ…）

表情こそ平静さを保っているけれど、一尉の顔色は優れない。

ブレスの期日まで数日と迫ったいまでは、隠しきれない疲労の色がそこかしこに浮き出はじめていた。いつもは怜悧な印象を残す涙ボクロも、いまは憂色を帯びて果敢なげにすら見える。

纏う雰囲気も普段のキリリとした聡明さではなく、張り詰めた弦《げん》のような危うさがあった。日夏と目が合うと柔らかさを孕む藍色の双眸も、少し俯いただけで翳りを宿す。

そんな一尉を目のあたりにしても何も出来ない自分が歯痒くて、日夏は切れるほどに下唇を噛み締めた。微量の鉄臭さが唾液に混じったところで急に八重樫に話を振られる。

「つーことでいいな、日夏」

「え？」

「うーわ、聞いてないし。もっかい大まかな流れ説明すんぞー？」

そうして語られた大部分をまたも聞き逃しながら、日夏は一尉の褪めた顔色から視線を外せずにいた。その様子を察してか、一尉が唇だけで「大丈夫？」と訊いてくる。

（俺の心配より自分の心配しろよ…）

一瞬だけ天井を見上げてから、日夏は小さなVサインを一尉にだけ送った。途端に一尉の表情が緩やかに綻ぶのを見ながら、泣き笑いをそっと持ち上げた襟の中に隠す。

早く月末になれ…！　と、心の中で何度も念じながら——。

8

どうやら船が苦手らしいことを、日夏は乗ってから自覚するはめになった。

(もう降りたいんですけど…)

港を出てからまだ十分足らずだというのに、頭の中はすでに弱音でいっぱいだった。強い眩暈《めまい》に触発されたように湧き上がる嘔吐《おうと》感——さっきからずっとその連続コンボなのだ。もともと三半規管《さんはんきかん》が強い方ではない。勝気な見かけや性格に反して、実はジェットコースターも苦手なくらいなのに。

「死ぬかも…」

「少なくともそれは大げさじゃないかなぁ」

客室の一つに籠りきったまま、備えつけの机に突っ伏している日夏の背中に穏やかな隼人の声が投げかけられる。今日はめずらしく、軍配が揚がるのはことごとく隼人の方にだった。

このたび、椎名家が『宗家の生誕祝賀会』並びに『孫の婚約披露パーティー』のためにチャーターした船は、豪華客船としか呼べないレベルなので、通常の船に比べれば揺れてないも同然というくらい走行中も船体は安定しているのだ。言われなければ船がいつ出航したかすら、きっとわからないだろう。だがわずかながら微動してる地面がどうにも日夏の不安を煽るのだ。

「遺言《ゆいごん》書いていい…?」

「いいけど、その格好で死にきれるの？」

（だ、よな…）

隼人の言葉がいちいち真っ当すぎて、返せる言葉がない事実に日夏は余計に打ちのめされていた。

これではいつもと形勢が逆だ。

——だが確かにこの格好ではどう頑張っても死にきれないのだ。

「大丈夫。どこから見ても女の子に見えるから」

（だからイヤなんだろうが…）

机に伏せたまま溜め息をつくと、蜜色《みついろ》の柔らかなカールが耳もとでふわりと揺れた。

少し身じろぐだけでも脚の間をすり抜けていく空気感が心許ない。たっぷりとした白いサテン地のスカートは膝よりだいぶ下で終わっているのだが、下にパニエを着ているせいか、すぐに風を呼び込んでしまうのだ。ガーターベルトで吊られたストッキングの爪先は、ヒールのあるオフホワイトのストラップシューズに包まれている。その脚を椅子の下で交差させながら、日夏は上になった右足の踵を不機嫌げにぐらりと揺らした。

「あ、それとも俺の見立てが気に入らなかった？　あんまり華美でも目を惹いちゃうし、カジュアルすぎても浮いちゃうから、フォーマル路線でシンプルにしてみたんだけど」

（どうあったって気に入らねーよ…ッ）

コレは、先週決まった「作戦」とやらの一環だった。

身の安全を保証するために「日夏」には替え玉を立て、当の本人は別人に成り済ますという話だけは聞いていたのだが、まさかこんな格好をさせられるとは思っていなかったので、今日は朝から悶着《もんちゃく》が絶えなかった。最初からそれを明かすと日夏が嫌がるだろう、ということで自分以外の全員、したり顔で黙秘を貫いてくれたのだ。

『多少は変装しないとバレちゃうから、当日は港の近くのホテルで着替えてから向かってね』

一尉に言いつけられていたとおり赴いたホテルの部屋には、にわかスタイリストと化した隼人とこの服が待っていたのだ。朝から二時間かけて説得された末にホテルの高級ランチで釣られて、日夏が渋々ながらそれを承諾したのは出港も間近くなってからだった。

この格好でこないと船に乗せない、と言われてしまっては着るしかない。

(乗らないわけにいかねーもんな…)

船上での作戦の進行具合もむろん気になるが、何より一尉の体調があまり芳《かんば》しくなさそうなのがずっと気がかりなのだ。替え玉を伴ってパーティーの準主役を張る一尉を、自分が傍らで見守らずにどうする。そう心を決めて衣装に身を通したのはいいが、その格好でホテルから船まで、さらに船内中を隼人にエスコートされる道中の居た堪れなさときたら……そうとうなものだった。

だから気分の悪い下地はすでに出来上がっていたのだと思う。

パーティーの開始時刻である午後三時に船が出港するや否や、日夏は眩暈を訴えてこの部屋に閉じ籠った。一尉と顔を合わせるまではどうにか堪えたかったのだが、パーティーはまだはじまったばかりだ。一泊二日の航路が終わるまで、この船に乗り合わせた者にはどこにも逃れる場所がない。まずは自らの体調を立て直すのが先だった。

「いま、古閑が水もらいにいってるから。それ飲んでまずは少し落ち着きなよ」

「んー…」

隼人にまともな意見で窘められるという貴重な体験をしながら、日夏は伏せていた顔をようやく上げた。化粧までは勘弁しろ！　と断固拒否したのは正解だったなといまさらながら思う。ファンデーションだの口紅だの塗りたくられていたら、もっと気分が悪かったに違いない。もっとも。

『日夏は顔立ちにメリハリあるから、化粧しなくても充分ドレス映えするね』

と言われた時も、かなり気分は悪かったのだけれど。

鎖骨の少し下で切り取られた襟ぐりからウエストにかけては、胸がないのを誤魔化すように大小のコサージュが散らされていた。三分丈《さんぶたけ》の袖はぴったりと日夏の華奢な腕を包み込んでいる。肘上には光沢のあるグローブが嵌められており、少しだぶついた手首付近の襞《ひだ》にうまくブレスが隠れるようになっていた。オール白のロマンティックなドレスは隼人の好みなのだろうか。グローブにかかるほど長い蜜色の髪が描く緩やかなウェーブも、何だか妙に少女趣味な気がした。

「あー、ずれちゃったよ」

言いながら花冠を模した白いヘッドドレスを直されて、頭の上にそういえばそんな代物までが載せられていたなと思い返す。存在を思い出すと急にそれが気にかかって、日夏はポカンと口を開けたまま目つきだけは厳《いか》めしく前髪を透かし見た。そこで急にノックもなく、客室の扉が開く。

「口がバカみたいに開いているぞ」

「ああ？」

頭がいっぱいになるとたまにやってしまう子供じみた癖を、よりによってルイに指摘されて日夏はますます顔を顰めながら唇を引き結んだ。ルイの容姿も当然ながら悪目立ちすぎるので、日夏同様、女装で性別を偽っているのだが、隼人によればこちらは嬉々《きき》として衣装に身を包んだらしい。

レースやフリル、リボンだらけのハイネックのブラウスに、ハイウエストの黒いスカート。光沢のあるタフタ地のその丈は膝よりも十センチは上で揺れている。いわゆるゴスロリといわれるジャンルだろうか。黒いタイツに黒い編み上げのブーツ。そして極めつきはコンタクトレンズで黒く色を変えた虹彩に、真っ黒なストレートのロングウィッグだろう。白いフリルのヘッドドレスには細い黒のリボンが揺れている。顔立ちは一緒なのに瞳や髪の色、服装を変えただけでまるで別人だ。

お互い着替えてから会うのはこれが初めてだったので、思わずまじまじと見入ってしまう。

「ほう、化けるもんだな」

「……おまえこそな」

この作戦自体を楽しんでいるらしいルイにとっては、今日は楽しい一日になるのだろう。

好きな相手にも会えるのだからなおさらか。昨日の夜になってどこからかその確証を得たらしく、それまで若干《じゃっかん》沈みがちだった表情をルイは喜色で埋めるようになった。

「この姿をジュンに見せるのがいまから楽しみでならないな！」

（あっそ……）

自分とは正反対のテンションで、スカートの裾を閃かせながらその場で何回転もしているルイを見ているうちにまたも眩暈を誘発されたので慌てて目を瞑る。

「どうよ、具合はー？」

「死んでるよ…」

ややして古閑と八重樫が相次いで部屋に顔を出した。隼人もそうだが、今日は古閑も八重樫も準主役の友人として正装に身を包んでいる。日夏はその友人の連れ合いとして乗船していた。ルイも似たような身分なのだろう。ここまでエスコートしてきたのは八重樫だと聞いている。

「おおお？」

窓際の机で瀕死《ひんし》状態になっている日夏を見るなり、古閑と八重樫が同時に口笛を吹いた。

「女顔だとは思ってたけど嵌まってんなぁ」

「いいね、そのドレス。捲りてー」

「死ね…」

余計に気分が悪くなったのはそのせいに違いない。

それでも古閑から受け取った水を一口飲んで深呼吸すると、少しだけ呼吸が楽になった気がした。

だがすぐにまた眩暈が再発して、うめきながら机に頬を押しつける。日夏の不調にそこで初めて気づいたように、ルイがぱたぱたと駆け寄ってきた。

「どうした顔が真っ青だぞ。やはりアレの影響か?」

「アレ…?」

「ああ。この船には気配を曖昧にする、装置か何かが積まれているみたいだな。僕も日夏ほどではないが、気分の悪い波動を感じるぞ」

「——だとしたら、カモは無事に誘い込めたってわけか」

八重樫がメガネのブリッジに指を添えたまま、考え深げに呟く。

「この程度で船酔いってのもおかしな話だもんな。日夏の感知器、役に立つじゃん」

「どーいたしましてだよ…」

出港直後から不調がはじまったため、てっきり船酔いだと信じ込みかけていたのだが、どうもそうではなかったらしい。敵が潜入をはたしたというのならば、作戦も第二段階に移行せねばならない。

一尉と八重樫が持ちかけてきた話、それは端的に言えば『こちらから敵を叩け』作戦だった。

向こうからの襲撃を待つのではなく、誘い出したうえで逃げ場をなくしたところを一網打尽《いちもうだじん》にしようという計画だ。それを見込んで八重樫は、「金狼とブレスが揃ってこのパーティーに現れる」という情報を先週末の時点で、目当ての闇ブローカーにだけ流したのだという。

敵は見事それに食いついてきてくれたわけだ。

それにしてもそんな危険を冒してまで闇ブローカーと接触する必要がはたしてあるのか、日夏は初め懐疑的だったのだが、「ここが潰れれば世の中の不幸が少しは減るんだぜ？」という八重樫の言葉につい心を動かしてしまったのだ。――もっともあとで知ったことだが、このブローカーには懸賞金がかけられているらしく、メガネはそっちの方に目が眩《くら》んでいたのだろう。一尉はといえば、日夏に危険が及ぶ可能性をいまかいまかと待つよりは、自ら叩く道を選ぶ気になったらしい。

「失礼？」

ノックの直後に扉が開く。その顔を見た途端、日夏は慌てて背筋を伸ばした。途端にクラリときた眩暈を堪えながら、こめかみにきつく指を押しあてる。

「お、ようやく登場か」

「いろいろと挨拶回りに忙しくてね」

この場にいる誰よりもスマートなフォーマルスーツに身を包んだ準主役が、誰かを伴ってこの部屋に入ってくる。同じくフォーマルに全身を装いながら、何となく居心地が悪そうにしている小柄な赤毛の少年――。彼は部屋に入るなり、憮然とした面持ちで室内の面々をぐるりと見回した。

（こうして見るとやたら目がでかく見えるな…）

不調に侵されながらも、まだかろうじて冷静さを保っている頭の隅でそう思う。

「紹介するよ、俺のフィアンセだ」

一尉の台詞に不服そうに唇を尖らせながらも、少年は口を開かない。それどころか不機嫌げに全員の顔を一瞥してから、ふいと視線を逸らしてしまう。

「──いちおう船酔いで口も利きたくないっていう設定なんだけど、どうかな」

「これ、バーさんも騙《だま》されたろ？」

古閑の言葉に一尉が鮮やかな笑顔で「まあね」と返した。それほどにこの替え玉の出来栄えは秀逸《しゅういつ》だった。自分でもドッペルゲンガーを目の前にしているような気になる。

替え玉の正体、それは一尉が『強奪』してきた能力『分身』による影に、隼人が『幻視《イリュージョン》』を施し、外見だけを「日夏」の姿に変えたものだった。影自体は一尉の意志で動かせるので、常にセット行動を心がけていればパーティー中も適宜《てきぎ》に操れる。替え玉にはもってこいの存在だった。

「さっさと帰りてーんだけど…。あ、でもまだ飯食ってねーもんな。食い放題なんだろ？」

最初は仏頂面《ぶっちょうづら》だった表情が後半、急に明るいものに切り替わる。

「俺、こんなかよ…？」

思わずぼやくと、替え玉と自分以外の全員に揃って首を縦に振られた。

ちぇーと口を尖らせたところで、一尉と初めてまともに目が合う。日夏はなるべく何でもない振りを装って「あんまジロジロ見んなよ…」とそっぽを向いた。

自分の不調はすでに誰かの口から聞いているだろうが、一尉だって様々な故障を押してこの場にいるのだ。ここで自分が余計な心配をかけるわけにはいかない。日夏は欠伸を一つ演出してから、様子を窺うために再び一尉に視線を戻した。

「───…」

こちらに向けて何か言いかけた言葉を飲み込んでから、一尉が思い直したように落ち着いた眼差しを日夏の身に沿って軽く上下させる。頭上の花冠から白いシューズまでを追った視線が、またもとのように持ち上がってふわりと笑んだ。

「似合うね、すごく」

「……そこ誉められても嬉しくないから」

憮然と零した愚痴は、半分だけ嘘だ。声や微笑みから一尉が本気でそう言ってくれているのがわかったから。誰に誉められても嫌味にしか思えなかったが、一尉の言葉だけは素直に受け止めることが出来た。それでも女装なんて、という気持ちは変わらないけれど。

(でも、少しだけ救われたかな…)

一尉があまりにも穏やかな笑顔でこちらを見ているので、思わず恥ずかしくなって目を逸らす。

「はいはい、そういう二人の世界はあとで作ってくださいねー」

八重樫が掌を打ち合わせたことで、場の空気が一瞬でもとに戻った。

「とりあえずコレが第一のエサね」

替え玉が右の手首を持ち上げてみせる。そこに嵌められている銀色の模造ブレス——。まずはこれを狙いにきた敵の情勢を把握するのが先決だった。

「作戦どおり、先にブレスをちらつかせて反応見るんで全員よろしくー」

「アカデミーからブレスが持ち出されたとかって話は、一般客には漏れてないんだよな?」

「ああ、金狼についてもブレスについても普通のルートで流れてる情報じゃねーからな。裏の裏くらいに通じてないとたぶん無理。だから反応があったやつはクロと見てほぼ間違いなし」

「向こうが何も仕掛けてこなかったら？」

「それもたぶんない。さっき確認したら今度のオークション目録にすでに載ってたから、必死で確保にくるだろうよ。こんな逃げ場のない場所に踏み込んでくるくらいだしな。ただ向こうはチョロイ仕事だと踏んでるはずだ。ライバルもいねーし、これが罠だなんて欠片も思ってねーだろうからな。ちなみにブローカー自体は単独犯と複数犯、両説あって絞り込めてねーんだけど……ま、時間はたっぷりあるし、焦ることたねーよ」

八重樫の指示に従って、一尉、隼人、古閑がそれぞれに持ち場と手順を確認する。

敵にとっては獲物の一人になる日夏は、今回の作戦には組み込まれていなかった。計画も詳細までは聞かされていないので、八重樫たちがどんな段取りで敵を迎え撃つのかも知らない。だがたとえ組み込まれていたとしてもこの不調さ加減ではとても参戦出来なかったろう。

（クソ…っ、せめて一尉がいる間は堪えたかったのに……）

眩暈と吐き気に加えて、いまではひどい頭痛までもがガンガンとこめかみを打ち鳴らしている。

「なあ、俺に影響してる機器、どっかで見かけたら破壊しといてくんねえ…？」

「おー。見つけ次第そうするよ」

「よろし、く……」

体を起こしているのはその辺りが限界だった。

ぐらっと世界が揺れたと思った矢先に一番近くにいたルイに抱き止められる。心配げに駆け寄ってきた藍色と目が合った気もしたが、すぐに視界がホワイトアウトしてしまったので定かではない。

「日夏は少し寝てろ。あとのことは任せておけ?」

そんなルイの言葉を最後に、日夏は急速に深い意識の底へと沈んでいった。


甲高《かんだか》い子供の泣き声が聞こえる。それが遠退《とおの》いては近づき、また遠退き——。

やがてそれが自分の声だという自覚に唐突に意識が繋がった。

『ごめん、日夏! 壊す気はなかったんだ…』

目の前に差し出された掌には、助手席の扉が外れてしまった赤いミニカーが載っている。

それを右手で指差しながらもう片手で両目を覆い、自分はひたすら泣くことに専念していた。

ワ————ン…! という子供特有の、咆哮《ほうこう》めいた泣き声が自分の鼓膜にも痛いほど反響している。

まるで泣き止まない日夏に慌てた男が、懐から棒のついたキャンディを取り出した。

『すまん、これじゃダメかっ?』

男の提案を間髪《かんぱつ》をいれず拒否したのは、さらに激しくなった泣き声だった。

右手の方でブランコの音がする。しゃがんだ男の背後を数人の子供たちが駆け抜けていった。

黄色、赤、橙色《だいだい》――……視界の端をちらちらと色づいた落ち葉が舞っている。

この光景はよく連れていってもらった、あの近所の公園だろうか。

『ごめんな、日夏……これぜったい直すからな？』

前後の経緯はよくわからないが、この男のせいで自分のミニカーは壊れてしまったのだろう。

お気に入りだった赤いミニカー。どこへいくにも一緒だった。急の移動が決まった時はいつも、まずそのミニカーをポケットにしまうのだ。

『ぜったい、ぜったい直すからな！』

どうしてそこまで好きだったのだろう？

理由はよく覚えていない。でもすごく大切にしていた覚えがある。

『よし、男と男の約束だ』

そう言って差し出された小指に、自分もそっと指を絡める。

力強く結ばれた指を上下に何度も振られた。ブンブンと音がするほどに振られて、そのうちそれが楽しくなってきたのか、泣き声はいつのまにか笑い声に変わっていた。

鼓膜に子供の笑い声の余韻が残る。

(そういえばあのミニカー、どうしたんだっけ…？)

ふいに目を開けると、見慣れない天井の模様が見えた。

折り重なって輪を描く幾何学模様の渦の中に、ひょいと惣輔が顔を突き出してくる。

「あれ、ここ公園……？」

「いや船の中だぞ。――おまえ大丈夫か？」

まじまじと見つめられながら言われて、日夏は眉頭を思いきり寄せた。

「ああ、そっか……倒れたんだっけ」

ガランとした客室にいまいるのは惣輔だけだった。ベッド際に椅子を寄せて、日夏の様子を見てくれていたらしい。熱でも計る気だったのか、額に伸びてきた手を反射的に払いのけると日夏は窓の外に目を向けた。空はうっすらと赤らみはじめている。持ち上げた右手で自身の熱を計りながら、その手首にまだブレスが嵌まったままなのを確認する。

（あと数時間、だな…）

ブレスを嵌めたのは二週間前の日没前後だ。いま海上を照らしているあの太陽が沈めば、日夏は無事に試練を終えられるのだ。

「少しは楽になったろ？　ルイが怪しげな装置をいくつか発見してくれたらしいぞ」

「ルイが？」

「そ。あの嗅覚《きゅうかく》も使い道によっちゃ便利だな」

言われてみればあのおかしな眩暈は止んでいた。そろそろと体を動かしても視界がぶれることはない。さっきまでと比べれば劇的に体調は回復していた。

（おー、ルイさまさまだな……）

頭痛の名残りのようにこめかみがまだ重かったけれど、それもすぐに消えるだろう。後頭部を枕に埋めながら、日夏はまだ少し霞みのある視界でもう一度天井を捉えた。

「俺、どんくらい寝てた？」

「二時間弱ってところか」

「あいつらは？」

「ああ、楽しそうに任務遂行《すいこう》中だよ。俺も交ざりたかったんだけどなぁ」

「……交ざりたきゃ勝手に交ざってこいよ。年甲斐もなくはしゃいでくりゃいいだろ？」

「いやいや、俺は一尉から大事な『役目』を仰《おお》せつかったからな」

「役目？」

「眠り姫の護衛だよ。おまえを一人にするわけにゃいかねーだろ？」

鼻の頭をトンと突かれて、日夏はいろんな意味を込めて顔を顰めた。その気色悪いたとえにも物申したい気分だったが、一尉がその任を惣輔に任せたことにも疑問が残る。

「つーか、あんたがいたって魔族相手じゃひとたまりもないだろ？」

「おいおい。これでも三年アカデミーにいるんだぜ？　自衛も含めて策は講じてあるさ」

惣輔がおもむろにシャツのボタンを外しはじめる。急に何がはじまったのかと驚いて見ていると、首筋に垂れていた鎖《くさり》を無骨な指がシャラリと引っ張り出した。

金色の鎖に通された細いリングが、シャツの合わせから煌めきを表す。

「これは理事長から三年前に預かった物だ。これも本来なら宝物庫に収められてる代物らしいな。魔具の一種で、名前は何だったかな…？　とにかく、身につけてると受けた力をはね返す作用があるんだとよ。だからこれがある限り、俺は無敵なわけだ」

華奢なリングは女性のサイズを想定して作られた物なのだろう。惣輔の指にはとても嵌まりそうにないその指輪は、デザイン的にも優美で繊細な造りをしている。

男の、ましてやヒトの身にはとても似つかわしくない物に思えた。

「何でアカデミーがあんたにそこまでしてくれんだよ…？」

「ああ、言ったろ？　俺は研究者としても優秀なんだって。ことキメラの研究に関しては、いまのところ俺が一番成果を挙げてるしな」

「は？　ヒトのあんたの方が魔族の研究者より優秀なわけ？」

「よくわかんねーけど、キメラの研究に関しては一度どこかで白紙に戻ってるみたいだな。誰が隠蔽《いんぺい》を謀《はか》ろうとしたのか知らないが、生体だけを残して文献から何から全部焼失してるんだと。それが百年くらい前か。おかげで俺も食い込む余地があったってわけさ」

そんな経緯もあって、キメラについてはまだまだわからないことが多いのだという。

「向こうとしてもただの人間がアカデミーに所属してるとは知られたくないんだろうよ。いちおう俺、あっちではヒトとのハーフってことになってるんだぜ？　苗字も『椎名』を名乗ってるしな、能力も『反射』ってのを持ってることになってる。人間なのに変な気分だよなぁ…」

もと通り指輪をしまうと、惣輔はシャツの上からそれを大きな掌で押さえた。

「——ってな話をこないだあいつにしたんだよ。それで護衛役が回ってきたってわけだ」

「一尉は…？」

「心配してたぞ。よっぽどおまえのブレス外してやろうかと思ったんだけどな、あいつにも断られた。日夏の許可なくそんなことは出来ないってな」

（あいつ……）

歪みそうになった表情を見られたくなくて、日夏は持ち上げた両腕で顔を隠した。

枕もとに突かれていた肘の重みが消えて、惣輔が椅子を軋ませながら立ち上がる。ややして軽い吐息が窓際の方から聞こえた。

「俺はさ、一尉のこと嫌いじゃねーんだよ。あっちにいた頃からずっとな。目的のためなら手段を選ばないって姿勢もあいつの場合、潔《いさぎよ》さと覚悟があるんだよ。だからそーいうところは買ってた。でも帰国後、あいつが日夏を選んだって聞いて冗談じゃねえと思った。ヤロウ、俺の日夏を何に利用する気だ？　ってな。おまえを手段にして手に入れたい目的が他にあるんだろうと思ったよ。色恋沙汰なんかに興味ねーって顔で、常に前だけを見据えてる。よくも悪くもストイックなやつだったからな」

出会ったばかりの頃の一尉を思い出す。

ほんの数カ月前のことなのに、途方もなく遠い過去のような気がした。

「どうにかご破算《はさん》に出来ないか探ってるうちに、どうも違うなって思ったんだよ。これは俺が知ってる一尉じゃねーなって。もしかしたら本当に日夏自身が目的で動いてるのかもしれないって。そしたらちょうど鴻上くんがこっちきてくれたからな、彼にもいろいろ話を聞いて、どうやら一尉は本気らしいって結論に至ったよ。だから俺は、おまえの『覚悟』を直接この目で確かめたくてきたんだよ。おまえが半端な気持ちでいるんなら、どっちも不幸にしかなんねーからな。そんな話をしてたらルイにブレスのことを聞かされてな、つい口車に乗っちまった。悪かったな…」

「……少しは思い知ったかよ」

「ああ、泣けるほどにな。――あいつがおまえにいろいろしてんのかと思うと百回殺しても足りねーくらいだけど、無闇に反対しても駆け落ちされそうだからなぁ……って、えいっ」

「……ッ」

ガラ空きだった頬を指先で突かれて慌てて腕を解く。いつのまに戻ってきたのか、予想以上に近い位置にあった顔に反射的に拳をくり出すも、機敏《きびん》に避《よ》けた惣輔がそれを空《くう》で受け止める。

(あ……)

日夏のパンチが避けられたのはこれが初めてだった。――いままでの攻撃はすべて意図的に受けていたのだろう。不器用なコミュニケーションに瞳の奥が少しだけ熱くなる。

「いやあ、婆さんもこんな気持ちだったのかもな。俺らん時は碌に話し合いもせず逃げちまったから、悪いことしたなーって今回初めて思ったワ」

「会ったのかよ…?」

「いや、さすがに誕生日にケチつけるのも何だしな。明日の下船までに挨拶出来そうだったら会っとこうかと思ってる。お互い、いい区切りになりそうだしな」

日夏の拳をシーツに置くと、惣輔がポンポンとその上に掌を弾ませた。

「おまえが起きたんなら俺はもう用済みだな。さーて、上でメシでも食ってくるかな。夕焼けを眺めながらディナーってのも悪くねーだろ」

見れば先ほどよりも赤味を増した空が雲を淡く色づかせていた。

刻一刻と迫るタイムリミットを思うと、じっとしていられない衝動がふつふつと湧いてくる。軽く頭を起こしてこめかみの重みが半減しているのを確認すると、日夏はゆっくり上体を起こした。

「そういえばルイは？」

「あいつなら張りきって思い人探しに出てったぞ」

「……あっそ。あんたはルイの好きなやつが誰か、知ってんの？」

「いちおうな。会ったことはねーけど、アカデミーのやつらは何でか大反対なんだよな。あれだけはやめとけってのが大方の意見。俺は本人の好きにさせるのが一番だと思うんだけどね」

「ふうん。あんた、ルイの恋には口出ししないんだな」

「そりゃね。成就《じょうじゅ》するにしろ失恋するにしろ、自分で納得出来るカタチでなきゃ余計に引き摺るだけだろう？　ああ、日夏の恋にはこれからも口出しするんでよろしくな」

「は？　何でだよ、認めたんだろ？」

「バカ者、息子の恋に首を突っ込むのは父親の特権だぞ?」

「んなわけあるか、ふざけんなッ」

存外に本気な口ぶりにこちらも本心から謗《そし》りを返しつつも、最初ほどの反発を感じないのは惣輔の胸中をずいぶん知れたからだろうか。

(はっ、つーかこんなとこでオッサンと口論してる場合じゃねえ……!)

ハタと我に返りベッドから降りようとしたところで、肩からずるりとドレスが落ちた。寝ている間に苦しくないようにと、背中のファスナーが途中まで下ろされていたようだ。

「げ…っ」

どうにか自分で上げようとするも、腕が攣《つ》りそうになるばかりで埒が明かない。

「おーおー不器用さん。背中向けてみ?」

促されて仕方なく日夏は惣輔に背を向けた。ドレス同様、慣れないウィッグを搔き上げて項から背中に続くラインを露にする。上がりはじめたファスナーの振動がふいに途中で止んだ。

「何だよ?」

「いや、深冬と二人で結婚式挙げた時を思い出した。あいつもこんな感じの白いドレス着てたなーって。一人じゃ着れなくてあの時も俺が手伝ったんだよ」

「……へえ」

言われてみれば、真っ白なドレスといえば連想されるのはウェディングドレスだ。

「やべえ、急に花嫁の父気分になってきた…っ」

ともすれば背後で号泣《ごうきゅう》しはじめそうな気配を感じて、日夏は「まだ、ただの婚約だからなっ」と冷めた声で釘を刺した。こんなところで感極まれても迷惑なだけだ。

「それに、こんなドレス着て挙式する趣味はねーよ」

「いやでも、すげー似合ってるぞ。そうやってると深冬の少女時代を見てるみたいだ」

「え……？」

「あいつの血を継いでくれてるんだなぁって実感するよ。——俺はあいつを幸せに出来たのかなってたまに考えちまうんだけどさ、おまえを見てると思うんだ。俺は間違ってなかったって」

「へ、え…」

「わかるか？　俺と深冬が二人でいた証拠、幸せだった証《あかし》がおまえなんだぞ？」

「——……」

ようやく最後までファスナーを上げてもらい、前に向き直る。

（え、えーっと……）

惣輔と目を合わせるのが急に照れくさく思えて、日夏は早々にベッドから抜け出した。

傍らのテーブルに載っていたパニエとグローブをそそくさと身に着けて、入口付近に揃えられていたストラップシューズに爪先を入れる。

「じゃ、ちょ、ちょっと様子覗いてくら」

「あ、これ忘れてるぞ」

そこは故意にシカトしておいたヘッドドレスを差し出されて、受け取りを躊躇っているとひょいっと頭に被せられた。そのついでのように乱れていた髪をふわふわと直される。

「よーし、お姫さまの完成だ。何だこれ、可愛すぎじゃねえ？　俺、娘もいたのかぁ」

「だーからこんなの、趣味じゃねえって……！」

「すんげー可愛いから皆に見せてこいって、な？　俺の自慢なんだから」

「……こんなのが自慢になるのかよ」

「なる。いってらっしゃい！」

にっこりと手を振る惣輔にくるりと背中を向けると、日夏は「い、いってきます…」と蚊《か》の鳴くような声でつけ足してから客室を飛び出した。

父親だなんて思えたこと、一度もなかったのに――。

心配そうに自分を覗き込んでいた惣輔の顔は、何だかすごく「父親」していた気がする。感慨深げに笑った顔も、泣きそうになっていた声も。

小さい頃から何度も夢想した、理想の父親像とは似ても似つかないのに、自分の中で父親といえばもう惣輔のイメージしか出てこないのが、何だかこそばゆくて仕方なかった。

明後日には惣輔も帰ってしまう。次はいつこられるかちょっとわからないな…と昨夜言っていたので、あんなふうに惣輔と言葉を交わせるのも本当にあと少しなんだなと実感する。

この二週間、つらいことも多かったけれど、それだけじゃなかったなとようやく思えた。惣輔とすごせた日々はいつまでも胸に残るだろう。鬱陶しいし、挙動がいちいち大げさで次に何をしでかすかわからないような男だけれど、父親としては悪くない。

(明後日までにちゃんと連絡先聞いておこ……)

そんな小さな決意を胸に、客室階からパーティー会場になっているフロアに向けて緩やかな螺旋《らせん》階段を上る。と、ふいに感知した気配に日夏は途中階の廊下にじっと目を凝らした。不穏な動きはないのでそのまま見すごすが、違和感といえばそれは明らかな違和感だった。船員ならまだわかるが、招待客には不似合いな波動だ。

八重樫に報告した方がいいかな…と思いつつ、足早にメインフロアを進む。

ドレス姿にもだいぶ慣れてきた頃合だ。周囲から浮かない程度のおしとやかな足取りを意識しながら、人ごみの中を縫って進む。披露パーティーもそろそろ終盤なのだろう。場に満ちた空気も落ち着きはじめていた。一際賑やかな箇所《かしょ》に目を向けると、完全に外面用の笑顔を浮かべた一尉が招待客を相手にホスト役を務めている。その背後には不機嫌そうに唇を尖らせた自分の姿も見えた。誰かに話しかけられるたびに一尉の袖を引いては対応を任せている。自分があの場にいたとしたらいかにもやっていそうな仕種に、思わず口もとが緩んだ。あれなら祖母も軽く騙せたことだろう。それだけ一尉が自分のことを見てくれている証拠でもある。

(ん……?)

また違和感を覚えて首を巡らせる。

視界で捉えられる違和感はないが、意識のレーダーにかかる場違いな気配はこのフロアの方が多かった。まずは八重樫を見つけるのが先だろう。

きょろきょろと辺りを見回しながら歩いていると、わりに頻繁に声をかけてくる者がある。初めは無難にかわしていたのだが、次第にその回数が増えるにつれ、日夏のなけなしの愛想もそろそろソールドアウトが近くなっていた。どいつもこいつもスケベったらしい魂胆丸見えで声をかけてくるのが何より鬱陶しい。もう全面スルーでいっか…とうんざりしかけていたところで、日夏はようやくグラスを手にしているメガネを見つけた。だがその周囲に侍らされた複数のドレス姿を見た途端、カチンとこめかみ辺りが鳴る。

（にゃろう……）

八重樫は八重樫でキレイどころに声をかけて、どうやら目の保養を楽しんでいるようだ。こっちは乗船前から苦労続きだというのに、ずいぶんな格差ではないか。

「失礼っ」

馴れ馴れしくも肩に触れようとしていた男の足を思いっきりヒールで踏みつけてから、日夏はタタタッとその場を駆け出した。しつこいナンパへの苛立ちともあいまり、日夏は八重樫に半ば体あたりするようにして歩《ほ》を止めると、ついでにメガネの腕に自身の腕をするりと絡めた。それからニッコリと目の前にいたお嬢さん方に極上の笑顔を振り撒いてみせる。

「あたしの仁くんに何かご用？」

わざとソプラノの発音を響かせると、場の空気にピシッと音を立ててヒビが入った。

（ハイ、ざまーみろ）

それを確認してから、日夏はぐいぐいとフロアの端まで八重樫の腕を引っ張っていった。

「うわー…目覚めた途端にやんちゃだね、お姫さま」

「おまえまでそんなこと言ってんじゃねーよ。それより気づいたことがある」

「何？」

「招待客に『人間』が紛れ込んでる。それも軽く十人はいるぞ」

日夏の低めた一言で、苦渋《くじゅう》一辺倒だった八重樫の表情から一気に遊びの色が抜けていった。メガネの奥の双眸がすうっと細められる。

「——あー、ちょっと読めたぞ。操作系の能力者か。自分は高見の見物決め込む気かな」

「人間を操ってるってことか？」

「そーゆこと。ヒトを紛れ込ませるためにあの変な装置使ってたのかもな。ふうん、なるほどね。単独犯で複数犯ってのはそういう意味か」

「あ、また一人増えた」

「ホント便利だな、日夏のそれ。とりあえず駒の位置、教えてくれる？」

フロア内で目につく人間の位置を片っ端から八重樫に耳打ちしてから、もう一度周囲を探るように意識を巡らせる。ちょうど一尉が替え玉を伴って、メインフロアから退出するところだった。

（一人、二人…）

さりげなさを装いながら、続いてフロアを出ていく者たち。そのいずれもがヒトの気配を纏わせている。いつのまにか出入り口付近にいた古閑が、八重樫の合図で先に一尉たちを追う。

「さて、どう出てくるかな」

少し時間を置いて続こうとした八重樫の背中に、日夏も当然のようにくっついて歩いた。だが、即座に釘を刺される。

「日夏は待機。危ないから」

「えっ、でも…」

「おまえに何かあったら俺が一尉に殺されるの」

「……悪いけど一尉に何かあったら、俺だって何するかわかんねーぜ？」

八重樫相手にそんな脅しが効くとも思えないが、日夏は前をいくフォーマルスーツの裾をつかむと必死に自分の覚悟を伝えた。ルイがあらかたの装置を発見してくれたおかげで、いまは体の不調もない。敵を目にしてしまったからには、じっとなんてしていられなかった。

「やれやれ…」

緩まない歩調と止んだ言葉をゴーサインと捉えて、日夏は八重樫を追い越すとメインフロアの一階下にある控え室を目指した。だが次の角を曲がれば目的地というところで、前方からワッと人の声が上がった。突きあたって右手の廊下に慌てて走り込む。

「一尉っ？」

逃げていく二つの背中と、それを追いかける見慣れた背中とが見えた。

控え室の入り口には肩を押さえて蹲《うずくま》る古閑と、その下敷きになっている男が一人見える。替え玉の姿はどこにも見あたらなかった。

「大丈夫かよっ」

駆け寄って膝を突くと、古閑が暴漢の手を捩《ね》じ上げながら「不覚だー…」と小さく零した。

「発動の気配がなかったから油断したわ」

「悪いな、情報が前後した。相手は操作系の能力で、人間を手駒に使ってくると思われる」

「チョーいまさら。したらこいつ人間か」

「こっちもついさっき判明したもんでね。で、相手は何人？」

「三人いた。うち一人がいきなり俺に本気蹴りくれやがってよ、もろ食らったたっつーの。で、もう一人が一尉にナイフ突き立てて、もう一人が替え玉を攫おうとしたんじゃねえかな…？　一尉が咄嗟に影を解除して、あ、ブレスその辺にない？　じゃあ床から拾って逃げたな、あいつら」

「あ、持ってってくれた？　そいつは重畳《ちょうじょう》」

「深追いしなきゃいいけどな、一尉」

「あー、頭に血ィ上ってそうだからなぁ」

言いながら八重樫が、古閑が押さえ込んでいる男の上体だけを無理やり引き上げて懐を確かめる。身分を証明する物や武器の類《たぐい》は出てこなかったが、その代わりポケットから折り畳まれた一枚の紙片が出てきた。広げた紙面に目を通すなり、八重樫が眉宇《びう》に翳りを見せる。

「ふうん、強奪リストか。金狼にブレスに……やれやれ強欲《ごうよく》だな。他にもめいっぱい盗む気満々だったってわけだ。日夏のバーさんが首から下げてるネックレスも対象らしいぜ」

「それより一尉は…」

廊下に座り込んだまま、そう声を張り上げた刹那《せつな》。

絨毯に点々と散っている血痕が目に入った。

もしかしたらナイフで、どこか負傷しているのかもしれない——。

(血……?)

「あ、まずい」

と、めずらしく八重樫が硬い声を上げたのはその直後だった。

「あいつ自身がリストに入ってら。——そうか、考えてみりゃそうだよな。あいつの能力も稀少系だから商品価値はあるんだよな…」

「そんな…っ」

一尉の持つ能力、『強奪』が掟破りな力なのは確かだ。相手の能力を奪って自分のものにしてしまえるのだから、どんな悪事の現場でも重宝されるだろう。無敵と称される能力に加えて、一尉にはハイブリッド特有の「偏った魔力」まである。サラブレッドに比べれば倍近くの魔力を先天的に有しているのだ。そのせいで体に負担がかかり、魔力の使いすぎでブラックアウトに倒れることもハイブリッドにはよくあることなのだが、一尉は通常のハイブリッドよりもさらに多くの魔力を秘めているらしい。ブラックアウト自体、あまり経験がないのだと聞いている。

さらにはアカデミーの教育課程を修了したことで、多くの能力を使い分ける才も具えている。栄えあるエリート街道を突き進んできた一尉は、裏の世界にとっても有用な人材なのだ。

「捕まったら薬漬けにされて使われるらしいぜ、それこそ死ぬまでな」

「でもあいつの能力があればそんなヘマ…」

古閑がそこで言葉を切る。三人同時にその事実に思いあたっていた。

人間相手じゃ、一尉は能力を奪えない。

しかも影を長時間操っていたことを考えれば、魔力とともにかなりの体力も消費しているはずだ。

「待て、日夏…ッ」

古閑の制止を振り切って走り出す。

ただでさえこのところずっと不調だったのだ。そんなところを狙われたら……。

『大丈夫、明日さえ乗り切ればいいんだから。それまでの辛抱《しんぼう》だよ』

昨夜、体調を慮《おもんぱか》った日夏にそう笑顔で返してきた一尉の声が甦《よみがえ》る。精神的にも体力的にも無理をしているだろうことは傍目にも知れるほどなのに。

（俺のせいでそんな……）

点々と続いている血の痕を追って、船内の通路を走り抜ける。通常は客が踏み入れないのだろう狭い通用階段を二段抜かしで駆け上がりながら、日夏はスカートの裾をたくし上げた。ヒールなんか折れてもいい、ドレスが引き千切れようが知ったことではない。手摺りをつかもうとして滑った手袋も、邪魔だとばかりその場に脱ぎ捨てる。

（頼む、無事でいてくれ…っ）

血痕は船尾のデッキまで続いていた。メインになっている船首のデッキとは対照的なほど、こちらの甲板《かんぱん》はひっそりとしている。だがその静寂に時折混ざる、空を切る音。打撃の応酬《おうしゅう》が遠く聞こえていた。デッキの手摺りに身を乗り出して薄闇に包まれはじめた辺りを窺う。

「一尉…ッ！」

見れば一階下の狭い甲板に、数人に囲まれた一尉の姿があった。『分身』で影を出す間もなく敵の攻撃がくり出されるのだろう。肉弾戦の攻防にみるみる一尉の動きが精彩を欠きはじめる。不規則にくり出される蹴りや拳をかわすうちに、一尉は次第に船尾の手摺りに追い詰められつつあった。退路のない闘いがさらに一尉の動きを鈍らせる。

廊下でのナイフは手で受け止めたのか、けっこうな出血が両方の手に見られた。

「いまいくからな、一尉っ」

下の甲板へと続く階段を駆け下りながら再度叫ぶと、囲んでいるうちの一人がこちらを振り向いた。

同時に一尉がはっと目を見開いてこちらに意識を振り分ける。

それが隙になったのだろう。一番間近にいた者の蹴りが決まり、一尉の体がふらつく。続いて二撃目が決まり、一尉の体が宙に浮き上がった。

「イチイッ」

何も考えずに手を差し出していた。駆け寄って、手摺りからぎりぎりまで身を乗り出して。

宙にあった一尉の手をつかむ——。

途端にザクッと手首が鳴った。

「……ッ！」

衝撃に肩を震わせながらも、よりきつくつかんだ手を握り締める。

一尉の下にはもう海しかない。ここで自分が手を離したらすべては終わってしまうのだ。

「日夏…？」

束の間、失っていたらしい意識を一尉が取り戻す。

「……っ、離して、ヒナツッ」

状況に気づくなり、蒼白《そうはく》になった一尉が手を引こうとする。それを離すまいと、日夏は余計に手に力を込めた。手首から流れる自分の血と、一尉自身の出血とで何度も指が滑りそうになる。そのたびに歯を食いしばりながらどうにか堪える——。

「お願いだから日夏、手を離してっ」

「ヤダっ、ぜったいやだ…っ」

（死んでも離すかよ！）

手首に嚙みつく牙の数は時間の経過とともに次第に増えていくようだった。

「……ッ、く」

何度目かの衝撃に奥歯をギリリと鳴らしながら耐える。

横目で走り見た甲板には呆然と立ち尽くす人間たちの姿があった。目標を見失ったように、虚《うつ》ろな瞳で宙を睨んでいる。こんなところを攻撃されればひとたまりもない。またいつ動き出すとも知れない人影に囲まれながら、日夏は一尉の袖口に左の指を絡めた。いまや日夏の血で真っ赤に染まり、濡れてつかみやすくなった袖口を必死に引っ張るも……――自分の非力《ひりき》さが恨めしかった。引き上げるには圧倒的に腕力が足りないのだ。こうしてつかんでいるだけで精一杯だ。

水平線に半分沈みかけた陽が、赤い夕闇と血の匂いを辺りに立ち込めさせる。ブレスの中央で同じくらい真っ赤に石が染まっていた。もとが白かったとは思えないほどに濃い赤が目に焼きつく。

濃厚な血の匂いに頭がくらくらした。貧血になりかけているのかもしれない。

「日夏」

ふいに呼びかけられて目を合わせると、藍色の瞳がうっすらと色を変えるところだった。

「ごめんね、日夏。――離して」

一尉が発動した力、それは日夏の持つ『感染《インフェクション》』能力だった。

自分の体液に感染した者を言葉のままに操る力——その「発動」に従って体から力が抜ける。

スローモーションで落ちていく一尉は、なぜか穏やかな笑みを浮かべていた。

ザブン…と波間が音を立てて、すぐに何も見えなくなる。躊躇いもなく追いかけようとした体を、ようやくそこで追いついたのか息をきらした古閑に押し留められた。

「バカ、早まるなっ」

「放せよっ！」

「んなの出来るかっつーの！」

全力で振り切ろうとするも、古閑につかまれた腕はビクともしない。

墨汁で塗り潰されたように何もかもが暗く見えた。薄暗い瞼のスクリーンに、一尉が海に呑み込まれたシーンだけが何度も再生される。

（こんなの許せるかよ…ッ）

どうにもならない衝動のままに。

「一尉——…ッ」

そう叫んだ瞬間、右の手首で閃光が散った。

パン！　と音を立てて、銀色のブレスが跡形もなく弾ける。

その一瞬後に、傍らを駆け抜けていった金色の影を日夏は呆然と目で追った。

また波間が飛沫《しぶき》を散らす。

（え……？）

いまの気配には馴染みがあった。姿にはまるで覚えがないけれど、でもあれは——。

カクンと膝が抜けてその場にくずおれそうになった体を古閑が抱き止める。

「金狼がいったよ」

「ル、イが…？」

「あいつ、泳ぎ得意らしいぜ？　だからたぶん、一尉も大丈夫だ」

心配するなよ、と何度も背中を叩かれる。

（大丈夫、て……？）

だが言葉の意味を理解するまでに日夏の頭はそうとうの時間を要した。

（だってあいつ、波間に沈んで……見えなくなって……）

急に糸が切れた人形のようにされるがままになった日夏の手首に、救急箱を手に駆け寄ってきた隼人が応急処置を施す。船員やら何やら、いつのまにか人が増えた甲板を忙しく走っているのは八重樫だろうか。無抵抗の人間たちに拳を振るって昏倒《こんとう》させている惣輔の姿も見える。

太陽がほぼ沈みかけたところで、下ろされていた救命ボートの引き上げ作業がはじまった。

（——一尉…）

そちらに向けてふらり…と踏み出すと、日夏は半分夢の中にいるような心地でストラップシューズのヒールを鳴らした。

まず目に飛び込んできたのは、金色の被毛《ひもう》を纏わりつかせた狼の姿だ。

ボートの中でぶるぶるっと全身を震わせた狼が、トンと軽い足取りでデッキに降り立つ。続いて二人の船員に抱えられた一尉が運び出された。甲板に横たえられるぐったりとした体。

「一尉…？」

意識はないようだが、その胸は軽い上下をくり返している。

（よかった……）

駆け寄って傍らに腰を下ろすと、日夏はびしょ濡れの一尉の体を膝の上に載せて抱き締めた。いつも以上に冷え切った白い頬に唇を寄せると、潮の鹹《しおから》さが唇に沁みた。

冷たい体に少しでも自身の熱が移るように、抱き上げた上半身をきつく抱き竦める。

（もう二度と会えないのかと思った――…）

一尉の胸に額を押しつけて泣く日夏の腕の間に、すぽっと狼が顔を突っ込んでくる。

「ルイ……？」

誉めろと言わんばかりの顔でフンフンと鼻を鳴らしてくるルイに少しだけ笑うと、日夏はこちらもびしょ濡れの被毛にそっと手を添えた。

「ありがとう、ルイ…」

左手にルイの温もりを抱えながら、日夏は一尉の頬に熱い涙を落とした。

9

けっきょく一連の騒動はすべて内々に片づけられ、大事になることはなかった。

メインたる『宗家の生誕祝賀会』も予定時刻の午後七時にスタートとなり、いま船を包んでいるのは招待客たちの賑やかな歓談と華々しい音楽や歓声だった。船員を除けば、先ほどの異変に気づいた者はほとんどいないだろう。

一尉は海に落ちる前に意識を失っていたらしく、そのせいでほとんど海水を飲むこともなくルイに速《すみ》やかに救助された。古閑と隼人との三人がかりで濡れた服を予備として持ち込まれていたシャツとスラックスに替え、一尉に宛《あて》がわれていた客室に運び込んだのが、ちょうどパーティーの開始時刻だった。打ち上がる花火の音をバックに、八重樫の手配してくれた能力者に日夏は改めて手首のケガの治癒を頼んだ。同時に、ナイフでざっくりと切れていた一尉の掌の傷も——。

そうして一尉が目を覚ましたのは、甲板での出来事から二時間ほどしてからだった。

ベッドの傍らに縋りつくようにして目覚めを待っていた日夏は、一尉が目を開けるなりまたホロリと大粒の涙を零した。

「日夏…?」

心配げに言いながら持ち上がった手がふいに宙で動きを止める。

その掌を自らの手で頬に押しあてると、日夏は冷えた指先の感触を懐かしく受け止めた。

「ブレス外れたんだ…」

一尉が藍色の双眸に安堵を滲ませる。それを見ながら日夏も優しく瞳を笑ませた。

「ううん、愛の力が勝ったらしいぜ」

「愛の力…？」

「そう」

意味がつかめずに首を傾げる一尉の首筋に両手を回すと、日夏は思いきり深呼吸した。

八重樫があれほど調べてもわからなかった、契約途中でブレスを外す方法——。

それは身近な生き字引が知っていた。ルイ曰く「痛みやその恐怖に負けず、自分の思いを貫いた時にブレスはひとりでに壊れるらしいぞ」とのことだ。ブレスの効力期限も間近かったろうが、弾け飛んだところを見ると、やはり自分の思いが勝ったのだろうと思う。

「勿体《もったい》ねえ話だよなぁ…」

日夏とは反対側の傍らにいた八重樫が溜め息交じりに吐き捨てる。期限で外れていれば原形を留めていたろうブレスを、八重樫はことのほか惜しんでいるのだ。恐らくは金銭的な観点から。

「べつに、外れたからっておまえの物になるわけじゃねーだろ」

「でも数億の価値だぞ？　それが木《こ》っ端《ぱ》微塵《みじん》だぞ？」

あー勿体ない、と重ねて言う八重樫に視線を向けると、一尉はいま気づいたように声を低めた。

「……いたんだね、みんな」

一尉の目覚めが思ったよりも早かったので、当事者のほとんどがまだこの部屋に残っている状態だった。八重樫の背後には古閑と隼人が、入り口付近には惣輔とルイがそれぞれ待機している。

「はいはい。お邪魔でしょうけど、いちおう結果報告っていうかね」

呆れた八重樫が一度指を打ち鳴らしてから、まず一つ、と指先を突き立てる。

「今回の黒幕だけど、はいこれあっさり捕獲ね。ブレスにつけてた発信機が大活躍です。能力かけられてた人間も、解除していまは眠ってもらってるよ。明日帰港したら適当なところに放置しとく予定。操られてた間の記憶はないだろうから、一尉と惣輔さんにボコられた何人かは起きて目ェ白黒させることでしょう。ブローカーについては俺が対処しときます。以上、質問は？」

八重樫の声は明るい。恐らく、いまは懸賞金のことで頭がいっぱいなんだろう。

誰も突っ込まないままに一つ目の報告が終わると、八重樫が二つ目ーと声を軽くする。

「脅迫状作成については金狼さんが自白してくれました。自分で詳細説明する？」

八重樫の呼びかけにルイがふるふると首を振る。

それが狼だった時の仕種を思い起こさせて、日夏は知れず頬を緩めていた。

(可愛かったな、あれ…)

一尉を助けてからしばらくの間、ルイは獣姿のままで船内を歩き回っていた。

獣化するとどうも言葉が喋れなくなるらしく、無言でウロウロしていたかと思えば「ガウッ」と吠えたりする様は、近所の犬を見守っているようなハートウォーミングな心地にさせてくれた。日夏のあとをついて歩く姿も、忠犬《ちゅうけん》のようで微笑ましかったものだ。金色の被毛も乾くとさらさらで、いつまでも触っていたい欲求に駆られた。獣型でも容姿は人型に負けないほど麗《うるわ》しく、凛々しく座っている様など思わず携帯で撮りたくなるほどだった。

(失敗したよなぁ…)

金狼姿は周囲の者にも好評で、ルイも満更《まんざら》でもないような顔をしていたのだが、ついうっかり日夏が「お手」などとやってしまったがために、即、獣化を解かれてしまったのは痛い過《あやま》ちだ。

あれからルイはずっと機嫌を傾けたままだった。一度獣化したせいで扮装《ふんそう》も解けてしまったらしく、いまはプラチナブロンドにトパーズの瞳という、見慣れた姿で扉口付近に背もたれていた。

あちこちが破れたゴスロリ服を諦め、いまは船内のショップで揃えたシンプルなフォーマルスーツに身を包んでいるのだが、ルイが着ると華やいで見えるのは顔立ちのせいだろうか。

「不機嫌だねぇ。ま、せっかくのおめかしも見せられなかったわけだしね」

「放っておけ…!」

「まあ、それもこれも恋心のなせる技っていうかね」

むすっとしたまま横を向いたルイに代わって、八重樫が事の次第を話しはじめた、その刹那。

「よーう、なかなか面白い見世物だったぞー?」

急にノックもなしに扉が開いた。

アクの強いモード系のスーツを難なく着こなした顔を見た途端に、顔が歪んでしまう。出来れば顔を合わせないままに今日を終えてしまいたかったのに……。

くすんだ櫨染《はぜぞめ》色の髪に、鉄紺色の瞳。派手に整った顔立ちは女受けしそうな甘さに満ちていた。若干下がり気味の眦とは対照的に、きつく弧《こ》を描いた眉。そのアンバランスさ加減が絶妙な色気を醸《かも》し出していた。どことなく子供っぽい表情が、さらに不思議なギャップを演出するのだろう。

——親子だというのに、一尉と似ているのは唇の右下にぽつんと散ったホクロくらいだろうか？

『呼んでねーよ、オッサン！』

そう吐き捨てたかった台詞はしかし、最初の「よ」すら言わせてもらえずに終わった。

「ジュン…！」

扉口にいたルイが仔犬のように顔を輝かせて、その胸に飛び込んでいったのだ。

「なっ、ルイかっ？」

「会いたかった、死ぬほど会いたかったぞ…っ」

とてもとても嫌な予感がして一尉を見ると、向こうは向こうで複雑そうな顔をしながらとりあえず頷かれた。惣輔も微笑ましそうにその光景を見ている。驚かないところを見ると八重樫もいつのまにか知っていたらしい——金狼の「思い人」を。

（ありえねえ…）

こともあろうか、ルイはあの碌でもない男に恋をしているらしい。

その後に続いた八重樫の説明によれば、ルイは一尉の父親――佐倉准将《さくらじゅんしょう》をこのパーティーに呼び寄せるために、脅迫状などというモノをわざわざ作ってきたのだという。そんな騒動でも起こせば、いつもは世界中を遊び回っていて、なかなかつかまらない准将に確実に会えるはずだと踏んだらしい。事実、そのエサに釣られてこの男はやってきたわけだが。

「きてくれたんですね、父さん」

「……これがいると知ってたらこなかったよ」

親子の会話を気にしたふうもなく、精一杯背伸びして縋りつきながらルイが准将の首筋にキスの雨を降らせる。いつものツンとした態度はどこへやら。とても同一人物の行動とは思えない。

「え、これ一尉の親父さん？　どうも、日夏の父親です」

「ああ、どうも。佐倉です」

「いやいや、苗字が違うのでわかりませんでしたよー」

「いや、こちらこそ。こんなところで人間に会うとは思いもしませんで。豪気《ごうき》な方ですな」

続いて父親同士のどうでもいい会話が続くも、ルイにはもう何も聞こえていないらしい。そのうち感極まったのか泣きはじめたルイをうるさげに片手で宥めながら、准将がハア…と溜め息をつく。

「とんでもねー拾いモンしたな…」

その腕の内でヒック…とルイがしゃくり上げた。

「だ、だっていくら言ってもおまえは会ってくれないではないか…っ」

「おまえさー、俺は無理だって言ったろ？　お偉方にも諦めろって言われてたじゃねーか」

「い、嫌だ。僕も日夏のように愛を手に入れるのだ…っ」

「んー…それは何の話だ？　とりあえず落ち着けよ」

仕方ねーな、と顔中に書いた准将が「邪魔したなー」と、ルイの肩に手を回したまま出ていく。

(それだけはやめとけよ、ルイ…)

出来れば目を醒ませと頬を張ってやりたいくらいだが、それで恋が冷めるならとっくに誰かがやっているだろう。一途なルイの思いには日夏も心を打たれていた。初めての恋がうまくいけばいいと願っていたくらいなのだが……あれが相手では実る恋も実らないだろう。

(でも、ぶつかってくしかねーもんな)

恋の行方が吉と出るか、凶と出るか。それはこれからにかかっている。もしかしたらルイの頑張り次第では大吉だって出るかもしれない。日夏にはエールを送ることくらいしかできなかった。

恋の当事者以外はいつだって傍観者でいるしかないのだ。

「俺だって自分の恋で手一杯だしな…」

「──え？」

ぼそりとした呟きを訊き返されて、日夏はううんと緩やかに首を振った。ベッドの縁に肘を突き、横になったままの一尉の頬を撫ぜながら、少しやつれたかな…と思う。

(無理させちゃったな、こいつにも……)

自分があの家にいない間、ちゃんと食事を取っていたのだろうか？

薬のせいで眠くなると言っていたが、ちゃんと睡眠は取っていたのだろうか？　副作用の影響だって他にもあるかもしれないし……。

あの広い家で一人眠る夜はどんなに静かだったろうか？

（ホントにごめんな…）

そんなことを考えながら日夏は薄く開いた唇にそっと舌先を載せた。視線を合わせたまま、上唇の内側を舐めてくすぐる。一尉が驚いたように目を丸くするのがおかしかった。しかし——。

「オッホン」

急にわざとらしい咳払いが聞こえて、日夏は一気に耳まで真っ赤になった。

（っていうか、俺いま…ッ）

意識が半分くらいどっかに飛んでいっていたような気がする。まだこの部屋には惣輔だっているというのに——。ばふっと一尉の枕元に顔を伏せて、日夏は周囲の視線から逃れた。

「ま、あとはね。若い二人に任せてね」

「だよな。俺らもそこまでヤボじゃねーし」

「日夏ってけっこう情熱的なんだね」

三人がそれぞれなことを言いながら、ぞろぞろと出口へ向かう気配がする。最後になって動いた惣輔の気配が、一度扉に向かいかけてから思い直したようにこちらに近づいてくる。

（ヒ――…ッ）

硬直したように動けなくなっている日夏の傍らに立つと、惣輔は日夏の頭にポンと何かを載せた。

「これ、落ちてたぞ」

「え？」

顔を上げると、少しよれた花冠が前髪の上で斜めになっている。

着替えるヒマもなかったので、日夏は変わらず少女趣味な扮装を身につけたままだ。その様を両手の指の枠に収めると、惣輔はニッと歯を見せて笑った。

「その格好な、俺のリクエストなの。――一足早いブライダルぽいだろ？」

惚けたように見返した日夏にウィンクすると、惣輔は「じゃあな」と踵を返した。

「婚約、おめでとさん」

そんな台詞を最後に扉が閉まって、日夏はまた一粒だけ涙を零した。

――耳を澄ませば、階上で催されているパーティーの歓声が聞こえてくる。

しばらくの間は、どちらも無言で視線を絡め合うだけだった。

声なんていらない。言葉なんていらない。

話さなくたってこうして触れ合えるだけで、互いの熱を感じられるだけで。

（それだけで充分……）

失くして初めて知った「奇蹟」がいま目の前にあった。

重ねた枕を背に横たわる一尉の上に跨ったまま、日夏は伸ばした指先で冷たい頬に触れた。ベッドの上に咲き零れた白いドレスが、ほんの少し動くだけでサヤサヤと鳴る。

この肌に触れたいと、どれだけ思っていたことか。

この薄い唇に、形のいい眉に、長く揃った睫毛《まつげ》に、尖った顎先に。

（どれだけ焦がれ続けたろう…？）

見つめ合いながら唇を重ね、指と舌とを存分に絡め、互いの唾液を啜《すす》り合うような、そんなキスがしたくて身悶えた夜がいくつあったろう？　そんな想像だけでも体の芯が燃えて堪らなくて。どこもかしこも滴るほど濡れた。記憶にある夜を反芻しながら、切なく熟した欲望を何度零したことか。

（長かった……）

でも一人じゃどうしようもなくて…——気が狂いそうな夜をいくつ耐えたろう。

前から伸びてきた両手に頬を包まれる。

その冷たさに触れた途端、尾骨《びこつ》に小さな火が点った。そこからゾクゾクと背筋を這い昇ってきた震えが、肩甲骨《けんこうこつ》を這い回り、ぞろりと耳の裏までを舐め上げる。

（ア……）

ひくり、と震えた下唇を親指の腹になぞられた。

「――……っ」

声にならない喘ぎを漏らした隙間に、指先がぐっと割り込まされる。侵入してきた指と爪の狭間《はざま》を愛しげに舌先でくじると、ふ…と小さな吐息が聞こえた。

頰から引いた片手が性急にパニエの内側に入り込んでくる。重なった襞を選り分けながら中をまさぐられて、思わず腰が浮き上がった。ガーターベルトのストラップを指で辿られながら、同時に歯列の裏をなぞられて、痒みに似た切なさがツンと鼻にとおる。

「……ぁ…」

蜜色の髪がふわりと耳もとで揺れた。後ろに倒れそうになった体を、ウエスト近くのサテン地を握り締めることで堪える。瞳の輪郭が小刻みに震えて仕方がなかった。

そんな反応の一つ一つを、一尉が静穏な瞳でつぶさに観察している。

続いてサリサリとした感触を楽しむように、ストッキングの上から膝頭《ひざがしら》を撫でられた。くり返されるうち、冷たかった掌が次第に温まっていくのが嬉しくて瞳を細めると、同じように双眸を狭《せば》めた一尉がするするとパニエの奥まで手を忍ばせてきた。

(あ、ぁ……っ)

こんな格好で一尉の上に乗っているだけでも充分恥ずかしいのに、スカートの内側に手を入れられてる…と思ったら、頭の隅がショートしそうな羞恥と興奮が湧き上がってきた。一尉の手が動くたびに聞こえる布擦れの音と、目には見えないところで何かをされているという言い知れないスリルが日夏にはじめての感覚をもたらす。

「ァ…」

上げかけた声をいつの間にか二本に増えていた指先に捕らわれた。とっくに熱くなっていた膨らみを布地の上から辿られて、はふ…と唇が浅い息を紡ぐ。だが切望で瞳を揺らした日夏を焦らすように、ずれた指が今度は下着のラインを辿りはじめた。

（あ……）

恥ずかしくて思わず目を伏せる。だが顎下に潜り込んだ指がそれを許さなかった。

恐る恐る目を上げると、限りなく優しさに満ちた瞳がじっと自分を見つめている。でもその奥でチラリチラリと揺れている火は、先ほど自分の体につけられたものと同じ属性の炎だろう。

「ねえ、どうしてこんなモノ穿《は》いてるの？」

小声で問われて、日夏は見る見る目もとを赤く染めた。

「は、隼人が…どうせなら徹底しようね、って…」

「こんなことは頼んだ覚えないのにな」

脇の細いゴム部分を摘んだ指がパチンとそれを弾く。スカートの中で聞こえる籠った音が無性に大きく聞こえて、日夏は思わず耳を塞いだ。だがそれを咎めるように、今度は中で膨らんだ先端を狙って軽く弾かれる。

「あ…ッ」

爪先から頭の天辺《てっぺん》まで、強烈な痺れが駆け抜けた。

しかもそのすぐあとに、今度は布越しに軽く爪を立てられて、ピクピクと下半身が揺れてしまう。

そこを軽く引っかかれるたびに、ピリッとした快感が何度も生まれた。

「こんないやらしい下着を他の誰かにも見せたの？」

「み、見せてなんか…っ」

一尉の言葉に首を振りながら、なおも続く刺激に腰をくねらせる。

「でも今日はずっとこれを穿いてたんでしょう？　知らなかったよ、日夏がこんな恥ずかしい下着をつけて、あんな大勢の前に立ってたなんて」

「——…ッ」

羞恥を煽る言葉を故意に選んでは、一尉がゆっくりと日夏を追い詰めていく。

過敏な部分だけをカリカリと苛まれながら、言葉でもいじめられる被虐《ひぎゃく》的な快感が少しずつ日夏のモラルを蝕《むしば》みはじめていた。

「本当は誰かに見られたかったんじゃない？　もしくは、誰でもいいからこうされたかった？」

「そんなの…、おまえだけ……っ」

「本当に？　フロアでずいぶんたくさんの人に声かけられてたみたいだけど。それに八重樫と楽しそうにしてるのも見てたよ」

「あ、あれは…っ」

見られていた、と思った瞬間に堪らない疼きが小さく下腹部で弾けた。

このパターンはもう体に沁みついている。きっとまたものすごく恥ずかしい言葉や行為で、自分の軽はずみな言動を罰されるのだろう。それが怖いのに、でも――……。

考えただけで熱い粘液がタラリと零れるのがわかった。

「ここしか弄ってないのに、もうぐしょ濡れだね」

濡れてさらに張りついた部分を柔らかく何度も撫でられて、日夏は耐え切れずスカートの上から一尉の手を押さえつけた。でもその報復として、またピンと先端を弾かれる。

「あぁ…ッ」

さっきよりも数倍強い快感が、尾骨から脳天までを貫いた。

目の前が一瞬、真っ白になる。指の腱《けん》が白く浮くほど、日夏はサテン地を強く握り締めた。その余韻があらかた引くまで様子を見ていたのか、ややしてから一尉が囁く。

「――じゃあ、見せてくれる？」

一つの遊びが終わったように、一尉の手がスカートの下から抜かれた。

「え……？」

反問した日夏に、一尉が「これ」とスカートの裾を摘んでみせる。

「持ち上げて、見せて」

「…………っ」

「出来るでしょう。それとも、恥ずかしい？」

こくこくと何度も頷くと、頭の上でヘッドドレスがそわそわと鳴った。

「でもそういうの、好きでしょう？　俺に恥ずかしいところ見られたいんじゃない？」

「そんなこと、な…っ」

ふるふると今度は首を振る。耳もとで蜜色の髪がさらさらと鳴きながら揺れた。

「嘘ばっかり。日夏はね、本当はそういうの大好きなんだよ？」

優しく言い聞かせるように囁きながら、一尉が日夏の頬にかかった髪をすくい上げる。何度も何度もくり返されるうち、日夏は頭のどこかが麻痺していくような感覚に見舞われていた。

「それにこのままじゃ嫌でしょう？　見せてくれたら、イイコトたくさんしてあげるよ」

「本当……？」

誰が喋ってるんだろう、と思うくらい自分の声がやけに甘かった。

嘘じゃないよ、と一尉が優しく告げるのを聞きながら、日夏は気づいたら膝立ちになってスカートの裾に両手をかけていた。おずおずとした仕種でそれを持ち上げていく。

「もっと高くして？」

注文に応えようとするもふわふわと揺れるパニエが邪魔で、日夏はついにはそれを抱き上げるようにして両手でたくし上げた。

いままでは布で保護されていた箇所に、ひんやりとした空気の流れを感じる。

「これは、すごい眺めだね」

感嘆とした声がぽつりと零された。いまさらながら頬が熱くなる。

自分では見ることが出来ないけれど、一尉からはすべて丸見えなんだろう。

隼人に渡された下着は明らかに普通の物ではなかった。前側には覆う布地があるものの、それ以外はほとんど紐状《ひもじょう》のゴムが渡されているだけの代物だ。控えめながらもレースやリボンがあしらわれているところを見ると男性用ですらないのだろう。

『あのね、下着も込みで着込まないと船に乗せてもらえないよ？』

そう言われたので泣く泣く脚を通したのだが、どうやら担《かつ》がれていたらしい。

「――あとでお楽しみがある、って言ってたのはこれのことかな…」

「え……？」

「ううん、何でもない」

「あ、……ぁ」

伸縮性がある布のおかげでどうにか飛び出さずに済んでいるモノを、おもむろに広げた掌で持ち上げられる。それに合わせて腰を上げると、さらにまた上へと持ち上げられた。

「よく収まってるね」

「や、やっぱ見んな……」

急激に羞恥心が湧き上がってきて、たくし上げていたスカートをいまさら戻すも。

「もう遅いよ」

身を起こした一尉に耳元で囁かれる。——一瞬だった。

「ア…ッ」

上体を起こした一尉に押し倒されて、今度は日夏がベッドを背にする番だった。

勢いあまって持ち上がった下半身を捕らわれて、腰が浮いた状態で脚を開かれる。左右の膝裏を両手の肘で固定しながら、パニエの襞に隠れている部分をそっと掻き分けられる。

(あ、ァ…ぁ……)

こんなあられもない格好を見られているのだと思ったら、またゾクゾクとした何かが背筋を駆け抜けていった。堪らない心地が込み上げてきて、折り曲げられた脚に力を入れる。

「日夏…?」

「や…っ、はや…く…」

焦れて仕方ない衝動を堪えながら、日夏は自身の親指を唇の端で噛んだ。

その爪に赤い舌を絡ませながら「早くきて」と囁きで訴える。

「………参った」

強い眩暈にでも襲われたように、くらりと頭を傾けた一尉がゆっくりと覆い被さってくる。

さらに開かされた脚の間に一尉を受け入れながら、日夏は逞《たくま》しい首筋に両腕を絡めてキスを奪った。

それからはもう乱れた覚えしかない——。

言葉の代わりに交わしたのは数え切れないほどの深いキスだった。

最初の二回は下着を脱がさずにされて、布の締めつけで満足にイケないまま何度もドライオーガズムに追い込まれた。

「ヒ…ッ、あっ、あぁ…っ」

ずらされた下着の間から先端だけが露出した状態で突かれると、その振動が敏感な部分を絶え間なく刺激して、日夏は開いた口からも赤く色づいた先端からも引っきりなしに粘液を零した。後ろからの交接で前には触れられていないというのに、何回絶頂までの階段を駆け上らされたことか。

下着の締めつけに阻まれ、射精という終焉を得られないまま立て続けに強制される絶頂は、日夏の体をグズグズに溶かしきるには充分だった。

待ち望んでいた質量に、体中が歓喜の悲鳴を上げる。

「んっ、は……ぁっ」

最奥《さいおう》に熱い奔流《ほんりゅう》を叩きつけられてからは、今度は正常位で突かれながら執拗に前を弄られた。張りのある膨らみを揉まれながら、無防備な姿を晒している括れを指先で磨くように撫でられる。

「や、触んな…っ」

「すごいね、たっぷり中に入ってる。これ全部出させてあげるね」

「あ、ぁアア…ッ」

弱い先端ばかりを責められて、意識の飛びそうな快感に全身を震わせながら、それでもまともな射

精にはありつけず、日夏はもどかしい絶頂をいく度となく味わわされた。

それだけでも息が絶え絶えだったというのに、後ろからスカートをたくし上げられて立ちバックでベッドに押しつけられた時はもう声も出なかった。

途中でようやく太腿まで下着をずらされて待ち望んでいた放出を得るも、休みない律動《りつどう》に衝き動かされるように粘液塗《まみ》れのモノをくり返しシーツに擦りつけるはめになってしまい。

「やっ、また……あ、ア――――…ッ」

そこからが本当の絶頂地獄だった。

二週間ぶりだからだろうか、イッてもイッてもきりのない欲情に襲われながら、何度腰を震わせただろう。突かれる衝動にシーツをつかみながら、日夏は声なき絶叫を部屋中に響かせた。

(もう、これで何回目…?)

ドレスも、一尉が脱ぎきっていないスーツも、濡れて全部がドロドロになっている。

「あ…、っぁ……ん…」

ベッドを背に開いた脚の間を緩く穿《うが》たれながら、日夏は何度目か知れない絶頂に身を震わせた。

パニエの間に滴る粘液もすでに色がない。

「ん……、ぁア…ッ」

立て続けの追い込みにピクピクと揺れていたモノをまた扱かれて、日夏はウェーブのかかった髪をシーツに散らした。もうほとんど嗄れきって、人の声とは思えないほどのかすれ声しか出ない。

「……っ」

何度目かの突き上げで一尉が腰を震わせる。体の奥深くにジワリと熱い感触が広がるのがわかった。そのままゆっくりと崩れ落ちてきた体を抱き止める。

(いま何時かな…)

一尉の背中に両腕を回したまま、日夏は霞がかった視界で窓を捉えた。窓の外にはまだ真っ黒い海と空が広がっている。夜が明けるにはまだ早そうだった。ちょうど窓枠のすぐ傍にポツンと丸い月が浮かんでいる。そういえば今晩は満月だったな、と静かに輝く白い月を見ながら思った。

「……何だか『新婚初夜』みたいだったね」

まだ少しだけ早い呼吸を合わせた胸の向こうで刻みながら、一尉がそんなことを呟く。

「新婚?」

「うん。まるで船旅でハネムーンにきたみたい」

妙に実感を含んだ声で言われて、日夏も「……そうかも」と吐息交じりに囁いた。

魔族の掟に従うならば、婚約から結婚に進むにはあと二年待たなければならない。だからハネムーンにいくとすれば、それは二年以上も先の未来の話になる。

でもそれはあくまでも魔族の掟に従うならば、だ。

二年の間に何があるかなんてわからないけれど、きっと変わらず自分の隣には一尉がいることだろう。もっとずっとその先も、傍にいて欲しいのは他の誰でもない。一尉だけだ。

（病める時も健やかなる時も…）

時間が許す限り、この隣に並んでいたいと思う。

その気持ちを互いに誓い合うだけなら、何も二年待つ必要はどこにもないのだ。

日夏の肩口に預けていた頬を、ふいに一尉が少しだけ持ち上げた。夜の海のように落ち着いた深みを持つ瞳の中に、月明かりの反射が眩く揺れる。

「――君の一生、俺がもらってもいいかな…」

まるで思考がシンクロしていたみたいに真摯な顔でそんなことを訊ねられて、日夏は答えの代わりに甘いキスを額に押しあてた。

（もう二度と、あんなふうにこいつを手放すことがありませんように…）

指と指を絡め合ってそっと力を込める。触れ合えるだけでも満たされていた心が、さらなる充足でひたひたと潤っていくのがわかった。

こんなふうに誰かと思い合えることこそが、きっと一番の「奇蹟」なんだろう。

「順境の時も逆境の時も、君を愛し、敬い、慈しみ――命の限り守り続けることを誓います」

一尉の囁きに目を瞑ると、日夏も小さな声で誓約を返した。そうして交わした二人の約束を、月明かりだけが見守っていた。

――波乱の七月が明け、はじまった八月も今日で二日目。

ハイヤーから降りたところで、日夏たちはちょうど荷物を持ってエントランスから出てきた惣輔と出くわした。三週間以上滞在していたわりにはずいぶん荷物が少ない。小さなキャリーケース一つしか、惣輔は携えていなかった。でもそういう身軽さがこの男には合っているような気がする。

「お、見送りか？　悪いなわざわざ」

したり顔でそんなことを言う惣輔に、日夏はついっと顎先を反らした。

「よっく言うぜ、十七時のフライトだから十五時には出ようかなぁなんて独り言、五回も言われりゃ覚えんだろ、フツウ。もっとスマートに言えねーのかよ」

「いやー、そこは日夏の自主性に任せたくてだな」

口先だけの台詞をツラツラと並べながら笑う惣輔に、日夏は呆れた半眼を向けながら颯爽とした足取りで近づいた。この期に及んでまで陽射し除けにと着込んでいる白衣に、さらにまた呆れの度合いを増しつつ片目を眇める。

（どっから見ても、正体不明の小汚ねーオッサンだな…）

この足で外国に飛ぶとはとても思えないボロボロのサンダルを一瞥してから、日夏は「ん」とそっぽを向きながら持っていた紙片を渡した。ハイヤーの中で書いたからちょっと字がよれているけれど、読めないことはないだろう。いや、きっと惣輔なら意地でも解読するに違いない。

「俺のケー番と、メアド」

「うっお、マジで？」

改めて考えてみて気づいたのだが、アカデミーにいる惣輔にはこちらから連絡する術がないのだ。秘密保持の関係で、アカデミーに関する情報は極端なほど制限されている。その所在地すら関係者以外にはぼんやりとしたイメージしかないようなところだ。たとえ日夏が望んでも、惣輔に連絡手段を明かす権限はないだろう。――だから。

「あんま頻繁に連絡してくんなよ。迷惑なんで」

「いや、もう十分おきに電話しちゃうね。五分ごとにメール送るし。覚悟しとけ？」

「でもあんたの携帯、向こうじゃ使えないんだろ？　したら、うるせー着信も成田《なりた》までの我慢だな」

「そうなんだよなぁ…。携帯くらい持たしてくれってんだよな」

ちぇーと唇を尖らしながら、惣輔が見えない石を蹴るアクションをする。よくよく最後まで鬱陶しい男である。背後に待たせてあるハイヤーの傍らでは、一尉が穏やかな笑みでこちらを見ていた。

月を跨いでの一泊二日の旅程は、昨日の昼過ぎの下船で幕を閉じた――。

この二人はそのあとにどうやら、今後についての話し合いの場を設けたらしい。

その頃、日夏は日夏でルイに連れ回されていたので、惣輔と一尉がそこでどんな会話を弾ませたのかは知らないが、夕方になって打ち上げで合流した時には二人とも機嫌がよかったので、何か前向きな結論を共有するに至ったのだろう。

　惣輔自身も一尉が「義理の息子」になるという事実に対しては、誇らしさすら感じているらしい。だが「息子の花婿《はなむこ》」となるとまた少し心向きが変わるのか、「あんなのにくれてやるために育てたんじゃねーや…っ」と昨日も酒が入った途端に管を巻いていた。その辺はまだ複雑なのだろう。

「あれ、ルイは？」

　その場で日夏の番号とアドレスを携帯に打ち込みはじめた惣輔の背後に目を向けるも、あの目立つ外見のお子様は見あたらない。

「あー、あいつとは成田で落ち合う予定」

「何だ、いねーのか。最後にもっかい慰めてやろうと思ったのに」

（へこんでたもんなぁ、あいつ……）

　あの日、二人が揃って消えてからどんな話をしたのかはわからない。しかしけっきょく、ルイは准将を思いきることが出来なかったようだ。——おかげで昨日は下船するなり、ケーキバイキングのハシゴという自棄《やけ》ケーキコースにつき合わされた挙句《あげく》、ドーナツ店で三時間も恋愛談義につき合わされるはめになったのだ。そのあとの打ち上げで日夏の食欲がやけにペースダウンしていたのはそのせいだ。おかげで昨夜は巨大なケーキに圧死させられる夢まで見てしまったほどだった。

「おまえに向かってバイバイするのがイヤみたいでな。逃げられちまったよ」

「しょーがないやつ…」

見た目と実年齢に比べて、中身はとんだ子供なのだから困ったものだ。

「まあ、ほら思春期だからさ」

「百二十六歳だけどな」

昨日聞いたらあっけらかんとそんな答えが返ってきた。それだけ生きてれば人生経験もかなり積んでいそうなものだが、それだけアカデミーが浮世離れした場所だということなのかもしれない。

「そーいや、ババアには会ったのかよ？」

「ああ、最後にちらっとだけな」

「何か言ってた？」

「アカデミーで『椎名』を名乗るなら、もっと功績を挙げろだとさ」

「……ババアにしちゃ温い発言だな」

「俺としちゃ感無量だったけどなぁ。しかもすっげー悔しそうな顔で言うから余計に」

アッハッハー、と惣輔があまりにも爽快に笑うので、日夏も気づけばもらい笑みをしていた。

祖母には祖母の胸中があり、出てきた言葉がそれだったのだろう。その心情までを探りたいとは思わないけれど、祖母にしてはかなりの譲歩が窺える。惣輔が十年かけて築き上げた地位を、祖母も認めざるを得なかったのだろう。それが何だか、我がことのように嬉しかった。

絶え間なく響く蟬の声が、ふいに降りてきた沈黙の隙間を埋める。その蟬の合唱が少し弱まったところで、日夏はあとを繋ぐように言葉を足した。

「えっと。ルイもそうだけど、祐一にもよろしく伝えてな」

「言っとくよ。そっちもあの賑やかなお友達たちによろしく？」

「ん、伝えとく」

もっと違う、他に伝えたいことがいっぱいあった気がするのに、いざ惣輔を目の前にしたら何も出てくる言葉がなかった。向こうも同じなのか、また会話が途切れてしまう。

「――おまえの覚悟にはホント恐れ入ったよ」

くしゃくしゃと髪の毛を散らしながら撫でられて、その心地に日夏は軽い既視感を覚えた。

遠い昔にもこの手に同じように撫でられた気がする。――ただの思い込みかもしれないが、もっと昔からこの手を知っているような感覚が湧き上がってきた。

「幸せんなれよ。あ、もし一尉に泣かされたら言え？　すっ飛んできてぶちのめしてやっから」

一尉に向けて拳を突き出してみせる。それを見て一尉がまた穏やかに笑った。

「あとな、これは餞別《せんべつ》な」

「え？」

強引に掌を取られてその上にコロンと何かが載せられる。

（赤い、ミニカー…？）

古めかしくあちこち塗装の剝げた車体は、助手席の扉が壊れていた。見れば一度取れてしまった部分を無理やりボンドで固定してあるようだ。そのせいで運転席の扉は開くのに、助手席の扉は開かない。直すにしてもずいぶん不器用な直し方である。

（でも、これ……）

ふいに一昨日見た夢の情景が、ぐわっと脳裏にスライドした。

「これ…じゃ、約束と……」

「ん？」

「約束と、違うじゃねーかよ…。直ってねーもん……これ……」

日夏のかすれた呟きを、呑気な顔つきで聞いていた惣輔の体が急に強張る。

「おま、え…憶えてるのか…？」

「よくわかんねーけど、でもコレ俺のだろ…？　公園であんたが壊して…そんで」

突如《とつじょ》視界が暗くなった、と思ったら。日夏は惣輔の大きな両腕に抱き締められていた。

息が出来ないほどきつくきつく、声も出せないほど強く強く――。

一昨日よりも鮮明な情景が瞼の裏にフラッシュバックする。

舞い散る木の葉の中で、指を絡めて笑う自分と、その前にしゃがみ込んだ惣輔の笑顔。

軋むブランコ、駆け回る子供たちの嬌声《きょうせい》、空を飛ぶトンボの群。

風に散る枯葉が立てていた小さな囁きまでもが、鮮烈に耳もとに甦る。

「ホントは最初に会った時にこうしようと思ってた。でもおまえにはおまえの人生がもう別にあるんだよな。それを目のあたりにして、すげえ悩んで悩んで……このまま帰ろうと思ってた」

惣輔の声と腕とが小刻みに震えていた。

（これは、俺の記憶……？）

脳裏の映像は季節が変わって夏のものになる。

初めて海にいった日の光景だ。波の音を怖がる自分に惣輔が笑う。深冬が作ったおにぎりは塩加減を間違えたのかやけにしょっぱくて、その味に三人でまた笑った。

遠くで鳴くカモメ。絶え間ない風の音――。

「でも本音を言えばな、俺はおまえに覚えてて欲しいんだ。俺と深冬とおまえが一緒にいたって記憶、おまえの人生の前半部に置いといて欲しいんだ。そりゃ楽しいことだけじゃねーし、つらいこともたくさんあったけどな……それでも――」

また季節が巡って、今度は満開の桜が瞼の裏でサワサワと揺れていた。

（ああ、この時は桜並木の傍に住んでたんだっけ…）

あの日は公園で遊んでいた自分を、めずらしく二人揃って迎えにきてくれたのだ。

二人の間に挟まれながら辿る家路が嬉しくて。

意味もなくはしゃいでは何度も二人の顔を見上げて笑った――。

「俺は忘れないで欲しいんだ、おまえが俺たちにとってどれだけ大切なものだったか。実感をもって憶えてて欲しいんだよ……」

惣輔の腕がふいに緩んで息をつく。

解放されてよろめいた日夏の顔を、惣輔が膝に手をつきながら覗き込んできた。

「悪いな、俺のワガママを聞いてくれ…」

前髪を梳いて露にされた額にそっと唇が触れる。

「――――…ッ」

途端に頭の中が音とイメージの洪水でいっぱいになった。

夜空を指差す惣輔、その腕に抱えられながら同じように指差す自分を笑って見ている深冬。

『あれが北極星で、その向こうが北斗七星だ。見えるか？』

身を切るような冷気の中、惣輔の言葉のたびに白い花が宙に咲いた。

握り締めた手の中には赤いミニカーが収まっている。

（ああ、そうだ……）

ミニカーは四歳のクリスマスに惣輔からもらった物だ。すごく気に入って大事にしてたのに。

六歳の秋――あの日、惣輔が公園で乱暴に扱ったせいで扉が取れて大泣きしたのだ。

『ぜったい直すから』

そう約束したのに、その約束は果たされなかった。

翌日、深冬が事故に遭い、日夏はそのまま一度も惣輔に会うことなく、椎名家の手の者によって神戸本家へと連れていかれてしまったのだから。

「こ、れ…全部、俺の記憶……？」

「そうだよ。これも深冬の能力だ。自分に何かあった時、おまえが記憶を消されないようにってね。外から記憶操作がかけられた際に発動するよう仕掛けたって言ってたよ。表向きは忘れたように見えるけど、ただ鍵をかけてしまってあっただけなんだ」

「鍵……？」

「ああ、その鍵は俺が持ってたんだよ」

もう一度額に口づけられてまた甦る記憶。

小さい頃にもこうやって、何度もキスをもらったことがある。

（そーゆうの、全部忘れてたんだ……）

昔の面影そのままの惣輔がじわじわと涙で歪んでいく。でも以前の惣輔にこんな傷痕はなかった。自分のためにこんな傷を負ったのかと思ったら、ぽろぽろと涙が頬を伝った。

六歳までの記憶、そのどの日にもこの顔がある。深冬の顔がある。

（こんなにも愛されて育ってたんだ――…）

その実感が、あとからあとから涙を溢れさせていた。

「た、ただの夢なんだと思ってた…。あんたがきてから、何度も昔の情景を夢に見てたから…」

「そうか……俺が近くにきたことでロックが緩みはじめてたんだな」

ふわふわと髪を撫でられて、そのあまりに覚えのある心地に一気に視界が涙で埋まった。昔からスキンシップが好きだった惣輔は、何かというとこんなふうによく頭を撫でてくれたのだ。

それが大好きだったことも、いまは記憶として自分のうちにある。

「俺はおまえに、もう一度『家族』を味わわせてやりたかったんだけどな。おまえはもう自分で自分の家族を見つけたんだな」

声もなく何度も頷きながら、日夏はパタパタと涙を散らした。乾いたアスファルトに濡れたシミが小さく広がる。その跡がそれ以上増える前に、後ろに立った一尉がハンカチを頰に添えてくれた。

左肩に一尉の手の温もりが載り、右肩に惣輔のごつい掌が載せられる。

そこから伝わってくる言葉にはならないものが、また次から次へと涙になった。

「——時間だからいくな」

しばらくして惣輔の手が離れていく。

軽くなった肩に自分の手を置くと、日夏は涙声で叫んだ。

「またな、このクソ親父…っ」

「泣き虫坊主、またな」

ハイヤーに乗り込んだ惣輔が閉まった扉の向こうでパクパクと口を開く。何度もしつこくくり返している惣輔を乗せて車体が走り出す。

『結婚式にはぜったい呼べよ！』

(そんなん言われなくたって呼ぶっつーの…！)

バーカ、と口だけで呟くと日夏は止まらない涙を手の甲で拭った。

「いいお父さんだね」

一尉の凪《な》いだ声音に小さなしゃくり上げが重なる。そっと抱き寄せられて、日夏は素直にその腕の中に収まった。後頭部に添えられた掌が肩口に柔らかく額を押しあてる。

「息子をこんなに泣かしてる親父がいい親父かよ…」

日夏の憎まれ口に一尉が穏やかに笑った。その振動が快《こころよ》く日夏の身にも伝わってくる。

(それにしても……)

「俺を泣かせるのはおまえの専売特許だったのにな…?」

そう言って顔を上げると、静穏な双眸が眩しい物を見るように細く狭められた。

「――ああ、その座は惣輔さんに譲るよ。俺はもう、君を泣かせられない立場だからね」

「もう?」

「うん。俺は君の人生を預かるんだから、君を幸せにする義務があるってことでしょう? 悲しい涙を流させるなんてそれだけで罪だからね」

(そんなのお互い様じゃねーか)

ならばこの藍色の瞳を翳らせるのは、自分の罪というわけだ。

病める時も健やかなる時も――いつだってこの瞳が、自分の隣で笑っていてくれますように。

そんな願いを込めて、日夏は一尉の背中にそっと両腕を回した。

あとがき

こんにちは、桐嶋リッカと申します。

このたびは本書をお手に取ってくださり、ありがとうございました。僭越ながらこれが三冊目のリンクスロマンスとなりました。こんなふうにシリーズ化していただけるとは、一年前には露ほども思っておりませんで……身に余る光栄でいっぱいです。これも読んでくださった皆様のおかげですね。本当にありがとうございます。

一作目、二作目に続き、またも新たな騒動に巻き込まれてしまった二人なのですが、以前までとは違う力強さを持って今回はそれを乗り越えております。どうかその過程を見守りつつ、ともに楽しんでいただければ何よりの喜びです。


——これより少々、本作の内容に触れておりますので未読の方はご注意くださいませ。

今作から初顔となります、ルイと日夏のパパはいかがだったでしょうか。『合成獣《キメラ》』なるものまで登場してしまい、ますます魔族の世界観が私の中で暴走しているような感が否めないのですが、暖かく受け止めてくださった担当様方、本当にありがとうございました。

ルイの「初恋」はこの先、はたして実るのでしょうか。というよりも実った方がいいのか、実らない方が幸せなのか。日夏でなくとも悩むところですね。

日夏のパパについては、実は一冊目の頃から脳内にこういった設定だけはあったので、今回こうして登場させることが出来て感無量です。今回は数週間の滞在で戻ってしまいましたが、日夏との絆も結び直せたのでまたことあるごとに来日していそうですよね。ホテル代わりに代官山の家に転がり込まれたりして、鬱陶しがる日夏が目に見えるようです。

今回は少しずつですが、悪友三人衆もそれぞれに見せ場が作れたのではないかと思っております。惣輔と古閑は何げに気が合いそうですよね。ただ打ち上げの席では、酒の入った惣輔に古閑がひたすら絡まれていたのではないかと…。そういう意味でも、今回は貧乏クジだったかもしれませんね。新書・雑誌と皆勤賞のわりに一度もイラストで登場したことのない不憫なメガネを救済するべく、今回はわりと八重樫に出番を振ってみたのですが念願叶っての登場とあいなっているでしょうか。隼人は相変わらずな一面と、少しは意外な一面が出せているといいなと思います。

日夏も一尉も、今回で新たに学ぶところがそれぞれにあったことでしょう。これで婚約に向けての障害はオールクリアではないでしょうか。今回は私も不穏なことは申しません。――ただ今作については婚約の件のみで予想外に話が膨んでしまったため、前作での伏線を拾う余地が大幅に足りなくなってしまいました…。なのでその点についてはまた、いずれの機会でご披露出来ればと思います。なお、本編に直接関連のないエピソードや取りこぼした挿話などを、たまにですがサイトの方で更新しております。よろしかったらこちらも併せてお楽しみくださいませ。

初めての本を刊行していただいてから、今日でちょうど一年を数えます。昨年は見逃してしまった桜も、先だって散歩がてら堪能して参りました。やはり桜は散りはじめた矢先が一番風情がありますね。昨年のいま時分には容量オーバーすぎて見えなかったものも、今年は少しだけ見えたような気がします。この先も、生きている限りはゴールもありませんし（ゴールという名のスタートはたくさんありますけども）、知ることも学ぶことも日々増えていく一方なのだろうと思いますが、立ち止まっていても気づけば知らない何かに押し流されていたりする場合もありますので、少しずつでもいいから自分の足で前に向かって進んでいきたいなと思っております。何とも頼りない遅々とした歩みになるかもしれませんが、気の向いた方はどうぞお付き合いくださると嬉しいです。

今作でも本当にたくさんの方々にご尽力いただきました。こうして立派な形となるまで、そして形になってからも、各方面から携わってくださったすべての皆様にこの場を借りて厚く御礼申し上げます。

あとがき

魔族シリーズに毎回かくも素晴らしきビジュアルをご提供くださるカズアキ様、今回も目の眩むようなイラストをありがとうございました。このシリーズはすでに、カズアキ様の描かれる世界なくしては成立致しません。今後ともどうかよろしくお願い致します。
それから、右も左もわからない新人に辛抱強くご指導くださった前担当様、心からの感謝を捧げます。本当にありがとうございました。そして、指南役を引き継いでくださった現担当様、初っ端からご心配やご迷惑をかけどおしでたいへん申し訳ありません…。このたびより心を入れ替えて臨んでいく所存ですので、どうかよろしくお願い致します。
原稿中は相変わらずリアルにバイオハザードなのですが、支えてくれた猫や家族、各所から激励をくれる友人たちには毎度救われております。いつも本当にありがとう。そして何より、本書を読んでくださった皆様にあらん限りの愛と感謝を贈ります。

願わくは、また近くお目にかかれることを祈って――。

桐嶋リッカ　http://hakka.lomo.jp/812/

この本を読んでの
ご意見・ご感想を
お寄せ下さい。

〒151-0051
東京都渋谷区千駄ヶ谷4-9-7
(株)幻冬舎コミックス　小説リンクス編集部
「桐嶋《きりしま》リッカ先生」係／「カズアキ先生」係

リンクス ロマンス

月と誓約のサイレント

2008年4月30日　第1刷発行
2012年7月31日　第2刷発行

著者……………桐嶋《きりしま》リッカ
発行人…………伊藤嘉彦
発行元…………株式会社　幻冬舎コミックス
〒151-0051　東京都渋谷区千駄ヶ谷4-9-7
TEL 03-5411-6434（編集）
発売元…………株式会社　幻冬舎
〒151-0051　東京都渋谷区千駄ヶ谷4-9-7
TEL 03-5411-6222（営業）
振替00120-8-767643
印刷・製本所…共同印刷株式会社
検印廃止

ISBN978-4-344-81316-8　C0293
Printed in Japan

幻冬舎コミックスホームページ　http://www.gentosha-comics.net

本作品はフィクションです。実在の人物・団体・事件などには関係ありません。